앨리스와의 티타임

앨리스와의 티타임

정소연 소설집

래빗홀
RABBIT H◎LE

차례

낯선 세계의
오래된 사랑

앨리스와의 티타임

나는 일흔네 번째 세계에서 앨리스 셸던 부인을 만났다.

세계는 줄지어 선 작은 방과 같다. 조금 거리를 두고 바라보면 하나의 긴 공간 같을, 투명한 유리 벽으로 나뉜 작고 네모난 방들을 상상해보라. 보이지 않는 손잡이만 비틀어 열면 들어갈 수 있는 그 방들이 바로 우리가 우주라고 부르는 하나의 계(界)이다. 그리고 내 직업은 바로 그 문을 열고 당신이 사는 세계, 내가 살지 않는 세계, 존 레넌이 살아 있고 히로시마에 원자폭탄이 떨어지지 않은 세계로 들어가는 것이다.

나는 대졸 일반 사무원으로 국방성에 취직한 지 4년이 되던 해에 다세계 연구소로 발령받았다. 안보상 중요도가 높지 않은 나라들에 대한 정보가 잡다하게 쌓인 구석진 도서관을 연상케 하는 식상한 명패가 달랑거리는 문을 열 때까지만 해도, 나는 다세계 연구소가 무엇을 하는 곳이고 내가 맡을 일이 무엇인지 전혀 알지 못했다. 전화를 받고, 자료를 알파벳순으로 정리하고, 결재 서류를 깔끔하게 철하는 일을 맡으리라고 막연히 짐작했을 뿐이다. 하지만 이곳에서 내가 하게 된 일은 국방성 내 다른 어느 부서의 업무와도, 다른 누구의 일과도 달랐다. 우리 연구소는 투명한 유리문의 손잡이를 비틀어 열고 조사원들을 다른 방, 즉 평행 우주로 내보낸다. 지금 이 순간에 여기 이곳과 겹쳐 존재하는 다른 세계를 훔쳐보고 오는 것이다.

발령 첫날 연구소장님에게 들었던 '유리 벽으로 나뉜 작은 방'이라는 비유는 사실 정확하지 않다. 동료 테드가 평행 우주란 셀 애니메이션의 장면 하나하나를 겹쳐 쌓아놓는 것과 비슷하다고 말한 적이 있는데, 꽤 그럴듯하지만 역시 부정확한 비유다. 어떤 비유도 정확할 수는 없다. 나는 커다란 나무를 상상한다. 땅에 박힌 둥치는 하나지만, 위로 갈수록 큰 가지가 여러 개 돋아나고, 그 가지에서 조금 더 작은 가지가, 또 그 가지에서 잔가지가 거듭 돋아난다. 우리 앨리스들은──우리는 농담 삼아 스스로를 '이상한 나라의 앨리스'라고 부르곤 한다──그 작은 가지 사이를 뛰어넘으며 차이를 찾아낸다. 다른 큰 가지로 넘어가거나 다른 나무를 찾을 수는 없다. 너무 '멀기' 때문이다. 오래전의 역사적 사건을 큰 가지가 갈라지는 기점으로 생각해보라. 우리는 십자군 전쟁이 일어나지 않은 세계에 들어갈 수 없다. 십자군 전쟁이 베트남 전쟁보다 중요하기 때문이 아니라, 그 가지가 너무 예전에 갈라져서 이미 우리의 보폭이 닿지 않는 곳으로 뻗어버렸기 때문이다. 유럽에서 흑사병이 창궐하지 않은 세계, 영국과 프랑스가 30년 전쟁을 벌이지 않은 세계에 들어갈 수 없는 것도 같은 이유에서다. 흑사병이 말라리아보다 위험한 병이거나 프랑스와 영국이 너무나 중요한 나라이기 때문이 아니다. 중요한 것은 거리, 즉 시간이다. 통일을 하지 않은 독일, 레이건이 대통령이 아닌 미국, 전쟁으로 폐허가 되지 않은 베트남을 찾는 일은 쉽다. 원폭을 맞지 않은 일본을 찾는 것은 조금 더 어렵다. 히틀러가 없는 세계는 몇 군데 있었지만, 세계대전이 일어나지 않은 세계는 지금껏 하나도 없었다.

우리가 들어가는 세계는 지금 사는 곳과 하등 다를 것 없어 보일 때가 많다. 한두 세기 전 인물의 초상화가 박힌 화폐가 같은 것은 물론이요, 처음 열몇 번째 세계까지는 대통령이 다른 경우도 두어 번밖에 없었을 정도이다. 이 비슷한 세계에서 가능한 한 빨리 유의미한 차이점을 찾아내 가지고 돌아와야 하는 우리는, 보통 사흘인 '출장' 기간 동안 도서관을 뒤지고 신문을 읽고 현대에 세워진 박물관과 미술관을 정신없이 둘러본다. 가능한 한 사람들과 부딪치거나 대화를 나누지 않는다. 더 오래 머물고 한마디라도 더 할수록 '남의 세계'에 간섭할 가능성이 높아지기 때문이다. 잘못 만들어낸 잔가지가 무슨 일을 벌일지는 아무도 모르고 누구도 위험을 무릅쓰고 싶어 하지 않는다. 소장님의 말을 빌리자면 "문을 열면 되지 유리를 깨버리면 곤란하니까". 연구소에 들어와서야 들은, 군인 출신도 아닌 일개 평사무원이던 내가 조사원으로 발령받은 이유는 크게 네 가지였다. 몇 시간 전에 받은 전화 내용을 그대로 전달하는 기억력과 정확한 서류 처리, 사담(私談)이 적은 근무 태도, 안정적인 사생활 — 당시 나는 칼과 3년째 동거 중이었다 — 그리고 전혀 눈에 띄지 않는, 얼굴 한가운데에 '평범'이라고 써놓은 듯한 외모. 솔직히 네 번째 이유가 가장 결정적이지 않았을까 싶다.

어쨌든 처음 하려던 얘기로 돌아가서 그래, 일흔네 번째 세계로 가기 전날 밤, 나는 칼과 거실에서 다투었다. 피곤하고 무거운 몸을 이끌고 퇴근한 직후였다.

"낮에 아버지가 전화하셨어."

"아버지가? 휴가 때 뵌 지 얼마 안 되었잖아. 무슨 일이라도 있는 거야?"

"우리 아버지 말고. 장인어른."

"그 사람이 왜."

"그런 식으로 말하지 마. 네 아버지잖아."

"상관없어. 당신도 상관하지 마."

"리즈, 장인어른도 괴로워하시는 것 같아. 이제 그만 용서해드려. 일부러 사고를 내신 것도 아니잖아. 벌써 몇 년이나 지났는데, 이래봤자 당신만 더 힘들 뿐이야."

"됐어. 일부러 한 게 아니란 걸 당신이 어떻게 알아? 운전한 사람은 아버지였어! 세상에, 이혼할 아내를 안전벨트도 없이 옆에 앉혀놓고 시속 180킬로미터로 달리는 게 일부러 한 짓이 아니야? 그따위 변명이나 늘어놓으려고 전화를 했대?"

"그렇다고 장인어른을 살인자 취급하지는 마. 사고는 사고야. 중앙선을 침범한 건 반대편 차라는 걸 너도 사실은 알고 있잖아? 한 분이라도 살아 계신 걸 고맙게 생각하고 여생 편하게 해드리자. 리즈, 네가 이래도 어머님은⋯⋯."

"살아 돌아오시지 않는다고? 그렇고말고. 아버지 입장에선 편하기 그지없이 되었지. 이혼 소송에 돈 쓰기 아까워 허덕였는데 도리어 보험금까지 타먹었으니."

"⋯⋯다음에 얘기하자. 내일 시애틀로 출장이라며. 그만해, 리즈. 다녀와서 다시 얘기해."

나는 신경질적으로 머리를 쓸어 올리며 입술을 깨물었다. 칼은 내가 아버지와 화해하기를 바랐다. 대가족의 사랑을 듬뿍 받고 자란 그가 장인과 말 한마디 섞기 어려운 처지를 불편해하고 답답해하는 것은 당연했다. 결혼할 즈음 아버지에게 연락을 취한 것도 칼이었다. 나는 8년 전 사고 이후 아버지의 소식을 묻지도, 내 소식을 전하지도 않았고, 칼이 결혼식에 아버지를 청했다는 말을 했을 때에는 불같이 화를 냈었다. 물론 아버지는 결혼식에 오지 않았다.

다음 날 아침, 나는 바닥까지 가라앉은 기분으로 가방을 싸서 집을 나섰다. 칼은 잘 다녀오라는 간단한 쪽지도 남기지 않은 채 출근한 뒤였다. 나는 평소와 다름없이 국방성의 문을 밀고 들어가 출근 일지에 도장을 찍고, 소장님이 장난스럽게 책상 위에 놓아둔 캘리포니아주 여행 기념물을 툭툭 쳐본 다음, 일흔네 번째 세계의 문을 열었다.

서늘한 바람이 옷깃을 파고들었다. 일흔네 번째 미국. 나는 동전 자판기에서 신문을 뽑아 들고——이로써 동전이 같음은 확인했다——헤드라인을 훑어보았다. 이곳의 대통령은 해리엇 닐슨. 국방장관은 알 조이스. 둘 다 처음 들어보는 이름이었으나 어차피 대통령이 누구이든 나와는 상관없었다. 이 기업과 저 기업이 인수 합병을 시도하고, 주식이 올랐다 내리고, 누구는 납치를 당하고, 누구는 잃어버린 개를 찾아달라고 350달러를 내걸었다. 갑자기 참을 수 없을 만큼 격렬한 현기증이 몰려왔다. 어느 세계든 다를 것이 없었다. 지금까지 늘 그랬다는 생각이 가슴을 날카롭게 파고들었다. 나는 앤디 워홀이 없는 세계를 보았다. 피카소가 무명으로 일생을 마치는 세계를 보았다. 언제나 다른 누군가가 그 자리를 채웠다. 암의 완치율이 우리보다 몇 배는 높은 세계를 보았다. 연구소에서는 그 발견을 중요한 성과 중 하나로 꼽지만, 나는 그 세계에서 다른 병으로 똑같이 고통스럽게 죽어가는 사람들을 보았다. 내가 여기 있은들 무엇이 달라지는 걸까. 나는 신문을 구겨 쥐고 공원 벤치에 주저앉아 숨을 골랐다. 이런 일을 하다 보면 심리적인 고비가 오기 마련이니 걱정하지 말라고 연구소의 상담가가 미리 말했었다. 그래서 확실히 지킬 것이 있는 사람들을 조사원으로 뽑는다고도 했다. 나는 칼의 얼굴을 머릿속에 떠올리고 정신을 집중했다. 칼. 그래, 나의 남편. 그가 입을 열고 내게 말했다. 어머님은 살아 돌아오시지 못해. 아니라면? 나는 머리를 감싸 쥐고 들리지 않는 비명을 질렀다. 어딘가에 어머니가 살아 있는 세계가 있다면? 어머니와 아버지가 갈라서지 않은 세계가 있다면? 내가 태어나지 않은 세계가 있다면? 그것은 유리 벽에 비치는 그림자일 뿐이지. 소장님의 얼굴이 대꾸했다. 우리는 우리 세계 안에서 사는 법을 배워야 해요. 다른 세계에 당신이 또 있을 수도 있지만, 그 사람은 이미 당신이 아니죠. 개인의 존재는 우연이에요. 상담가가 끈적한 혀를 날름거렸다.

"아가씨, 괜찮아요? 정신이 들어요?"

나는 고개를 홱 들다가 현기증을 느끼며 관자놀이를 세게 눌렀다.

"아아, 네. 괜찮아요."

"정말 괜찮아요? 몸이 영 좋지 않아 보이는데. 바로 저기가 내 집인데 들어가서 차라도 한잔하는 게 어때요?"

처음 보는 여자를 집으로 청하는 다른 세계 사람과 차라니, 어림없는 소릴. 시야가 서서히 맑아지며 휠체어를 탄 노부인이 눈에 들어왔다. 나는 아무렇지도 않은 듯 일어서서 공원을 걸어 나가려 했다. 그러나 아직 현기증이 가시지 않아 휘청거리는 바람에, 나가기는커 녕 도리어 휠체어의 바퀴를 치고 말았다. 반쯤 쓰러지 는 휠체어를 간신히 붙잡고 보니, 부인은 언뜻 보기에 도 칠순은 넉넉히 넘은 것 같은 노인이었다.

"이런, 죄송합니다. 미처 못 봐서…… 정말 죄송해 요."

부인이 빙긋이 웃으며 휠체어를 쥔 내 손을 토닥였 다. 따뜻했다.

"괜찮아요. 그보다는 아무래도 차 한잔이 필요하겠 는데?"

문득, 따뜻한 차 한잔이 간절해졌다.

부인의 집은 정말 공원 코앞이었다. 부인은 집에 들 어서자마자 부엌으로 들어가더니 찻잔이며 찻주전자 를 꺼내다 고개를 내밀고 물었다.

"아가씨 이름이?"

나는 반사적으로 가명을 댔다.

"앨리스 칼이에요."

"어머, 내 이름도 앨리스예요. 앨리스 셸던. 이웃들은 보통 셸던 부인이라고 부르죠."

나는 도서관을 돌아보기도 빠듯한 시간에 엉겁결에 남의 집에 들어온 것을 조금 후회하며 주위를 찬찬히 둘러보았다. 탁자 위에 놓인 크고 작은 액자, 빛바랜 책이 꽂힌 낡은 책장. 어디서나 볼 수 있을 법한 혼자 사는 노인의 집이었다.

"책 좋아해요?"

책장을 멍하니 바라보던 내 뒤로 바퀴 끌리는 소리가 들렸다. 나는 찻잔을 받아 들고 고쳐 앉으며 대답했다.

"조금은요. 과학소설을 좋아하거든요."

"과학소설? 나도 참 좋아하는데. 좋아하는 작가가 누구예요?"

젠장. 나는 내 엉덩이를 걷어차고 싶은 심정이 되었다. 이 노인네가 과학소설을 좋아할 줄 누가 알았겠는

가. 나는 필사적으로 이 세계에도 있을 법한 작가 이름을 떠올려보았다.

"아이작 아시모프요."

"아아."

나는 바짝 긴장하여 차를 한 모금 마셨다. 아시모프를 들어본 적이 없다고 하면 별로 알려지지 않은 외국 작가라고 잡아떼야겠지. 셸던 부인은 고개를 갸웃거리며 아무 말 없이 앉아 있더니, 한참 시간이 흐른 후에야 빙그레 웃었다.

"아시모프를 좋아하다니, 요새 사람 같지 않군요."

마음이 탁 놓이는 것을 느끼며 의자에 몸을 기댔다. 집은 따뜻하고, 차는 달콤했다. 이제 나가서 일을 해도 좋을 것 같은 기분이 들었다.

"그래서, 칼 양은 어디에서 왔나요? 아니, 어느 시간에서 왔느냐고 물어야 하나?"

쿨럭.

나는 입에 차를 반쯤 머금은 채로 놀라 기침을 내뱉

었다. 찻물이 입가로 주룩 흘렀다. 나는 얼른 냅킨을 집어 입가를 닦으며 목소리를 가다듬었다.

"고향은 로스앤젤레스고……."

코안경 너머로 셸던 부인의 눈이 장난스레 빛났다.

"칼 양, 여기에는 아시모프가 없어요. 어디에서 왔어요?"

내가 냅킨을 가슴팍에 어정쩡하게 든 채 멍하니 쳐다보고만 있자, 셸던 부인이 찻잔을 딸깍 내려놓고 조금 더 진지한 목소리로 다시 말했다.

"나도 다른 세계를 여행했던 사람이에요. 지금은 은퇴했지만. 1960년대 말까지 국방성에 있었죠. 설마 아가씨 세계에서만 차원 이동이 가능하리라고 믿었던 건 아니겠죠? 비슷한 세계로만 이동할 수 있잖아요. 아이작 아시모프라는 사람이 유명한 세계에도 가본 적이 있어요."

"어, 저기, 그러니까……."

"아가씨가 어느 지류에서 왔는지 모르겠군요. 과학

소설을 좋아한다는 말이 정말이라면, 혹시 아가씨 세계에는 제임스 팁트리 주니어라는 사람이 있었나요?"

제임스 팁트리 주니어. 페미니즘 과학소설의 선구자. 본명은 앨리스 브래들리…… 셸던.

나는 의자에서 벌떡 일어났다.

"세상에, 그럼 당신이 제임스 팁트리 주니어?"

셸던 부인이 콧등을 살짝 찌푸렸다.

"여기에선 아니지만, 내가 그런 사람인 세계도 본 적은 있죠. 자, 앉아서 차를 들어요. 정말 다른 세계에서 온 사람을 만나는 것은 이번이 처음이라 나도 참 설레네요. 일이 바쁜가요? 이 노인에게 말해봤자 홍수 따위 일어나지 않을 테니, 티타임을 즐겨보는 게 어때요?"

"하지만 우리 세계에서 당신은, 어, 당신은……."

"자살했나요? 아아, 그쪽 세계에서 왔군요. 알아요. 나도 봤으니까. 세계는 나뉘어 흐르는 강과 같잖아요. 잠깐은 거스를 수도, 물살을 타고 앞으로 조금 나아가 볼 수도 있는. 내 이야기를 해주면 아가씨 세계 이야기도 들려줄 건가요? 어차피 우리가 이야기를 나누어도 세계는 흔들리지 않아요."

나는 바보가 된 기분으로 고개를 끄덕였다.

"난 국방성에서 근무했어요. 이계 정보 수집부에 들어간 건 1940년대 말이었고, 아마 아가씨도 알겠지만 그때는 한창 살벌하던 시절이라 누가 패권을 가질지에 관심이 집중되어 있었죠. 윗사람들은 소련과의 관계가 어떻게 바뀔지를 알고 싶어 했고, 자세한 방법은 모르지만 그래서 이계로 가는 문이 열렸어요. 시간을 앞뒤로 40년 정도 뛰어넘을 수 있었죠. 엄밀히 말하면 우리 세계의 미래나 과거가 아니라 옆 세계의 미래나 과거로 가는 거였지만, 처음에는 그걸 몰랐죠. 전쟁의 흐름을 직접 바꿔보려는 시도가 몇 번 실패하고 나자—과거를 바꾸면 다른 평행 우주의 지류가 만들어질 뿐임이 알려졌죠—미래에서 얻어낼 수 있는 정보가 정보부의 핵심 관심사가 되었어요. 미래는 지금보다 좋을 거라고 생각하기 마련이잖아요. 나는

1950년대 초에 이미 일을 그만둘 생각을 하고 있었어요. 결혼한 지도 몇 년 되었고, 이제 공부를 계속하고 싶었거든요. 글도 쓰고. 어머니처럼요. 어쨌든 정보부 안에서는 꽤 경험 있는 수집원이었기 때문에, 54년인가, 55년인가, 나이가 드니 기억이 영……. 여하튼 그 즈음에 당시로서는 가장 '멀리' 가는 축이었던 1987년으로 나가게 되었죠."

1987년. 나는 손으로 입을 가리고 비명 비슷한 소리를 내뱉었다.

"1987년이면, 설마?"

"그래요. 내가, 그러니까 당신 세계의 내가 남편을 쏘아 죽이고 자살한 해죠. 시기가 기가 막히게 맞아떨어졌어요. 솔직히, 이런 말 하면 웃을지도 모르지만, 지금은 그게 운명이 아니었을까 생각해요. 하필이면 내가 1987년에 가서, 내 자살 기사를 내 눈으로 읽게 되다니. 남편의 병은 알츠하이머였죠. 그때까지만 해도 사람들은 그게 어떤 병인지 잘 몰랐어요. 넋이 나가 내 세계로 돌아왔던 기억이 나는군요. 그리고 나는 남편을 살리겠다고 마음먹었어요. 뭐, 불치병의 치료법이 있는 세계를 찾겠다는 것이 꼭 이기적이기만 한 욕심은 아니잖아요? 게다가 나는 아직 어렸죠. 아가씨는 지금 몇 살인가요? 서른? 그때 내가 30대였으니…… 사랑에 푹 빠진 30대에게, 일흔이 넘어 남편을 권총으로 쏘아 죽이는 미래가 얼마나 끔찍했을지 상상해봐요. 나는 CIA로 자리를 옮겨 정보 수집을 계속했죠. 병명은 세계마다 다르니까 증세로 치료법이 있는지 알아봐야 했어요. 시간도 많지 않았고……. 말했다시피 험한 시대였거든요."

알츠하이머병의 치료법은 내가 사는 세계에도 아직 없는 것이었다. 직업 정신이 번쩍 고개를 들었다.

"찾으셨나요? 여기에서는 알츠하이머병의 치료가 가능한가요?"

셸던 부인이 이해한다는 듯이 싱긋 웃었다.

"그래요. 병명은 다르지만, 발병 초기에 약물 치료로

해결할 수 있는 질환이에요. 시내에 있는 도서관에 가면 '노인 뇌 수축증'에 대한 자세한 자료가 있을 거예요. 버스 정류장은 공원 서문 근처에 있고요.

어쨌든, 나는 이런저런 세계와 시간선을 뒤진 끝에 치료법을 찾아냈어요. 일을 그만두기로 마음먹은 때로부터 10년도 더 지나서야 제대를 할 수 있었죠. 치료법을 찾아냈을 때의 기쁨이란! 집으로 돌아와 아직 아무것도 모르는 건강한 남편을 끌어안고 울었죠⋯⋯."

셸던 부인은 사진이 놓인 탁자로 고개를 돌렸다. 나는 그제야 먼지가 엷게 내려앉은 액자 속 사진들에서 과학소설 평론지며 웹사이트에서 보았던 제임스 팁트리 주니어의 젊은 얼굴을 알아보았다. 내 나이 또래 미인이 짧은 곱슬머리를 흔들며 웃고 있었다.

"제대하신 다음에는요? 글을 쓰시지 않았나요?"

"주로 남편과 여행을 했어요. 어렸을 때 갔던 아프리카를 다시 돌아보기도 했죠. 저쪽 사진들은 그때 찍은 거예요. 글은 글쎄, 결혼하기 전에는 꽤 열심히 습작을 쓰기도 했는데, 20년 가까이 전혀 다른 곳에 마음을 쏟다 보니 점점 중요하지 않은 일이 되어버리더군요. 게다가 자살한 작가라는 미래를 본 것도 나를 망설이게 했고요. 그림을 조금 그리기는 했어요. 별다른 재능은 없었던 것 같지만."

"하지만 제임스 팁트리 주니어는요? 1970년대에 대표작을 썼잖아요!"

"그건 다른 강을 흐르는 나였겠죠. 난 제임스 팁트리 주니어가 쓴 책을 읽어본 적도 없어요. 그런 걸 찾아다닐 시간이 없었거든요. 제대한 다음에 다른 작가들이 쓴 과학소설을 많이 읽어봤어요. 뛰어난 여성 작가가 아주 많아요. 조애나 러스라고 들어봤어요? 크리스티나 루트베이라는 어둡고 강렬한 글을 쓰는 영국 작가도 매력적이에요. '여성중심주의'로 1980년대 문단을 휩쓸었죠. 문화적인 자료도 조사해 간다면 꼭 찾아봐요."

"하지만……."

셸던 부인은 조용히 손을 내저었다. 스물 남짓에 처음 접했던 팁트리 주니어의 날카로운 필치가 내게 준 충격과 감동에 대해, 남편의 손을 꽉 잡고 자살했다는 비참한 최후마저도 낭만적이라고 생각했던 때에 대해 말할 수는 없었다. 나는 말문이 막혀 탁자에 시선을 못 박고 차를 홀짝였다. 코끼리의 등에 올라탄 셸던 부부의 미소가 흐릿했다.

"부인, 그럼 셸던 씨는?"

"칼 양."

노부인은 질문을 듣지 못했다는 듯이 나를 불렀다.

"이름이 뭔가요?"

"리즈 파머요."

"리즈, 솔직하게 말해줘요. 제임스 팁트리 주니어라는 사람, 훌륭한 작가였나요?"

나는 고개를 들고 셸던 부인을 똑바로 바라보았다.

"최고였어요."

셸던 부인의 얼굴에 묘한 미소가 퍼졌다.

"그런가요. 기분이 이상하네요. 이 나이가 되어서도……."

우리는 한참을 그렇게 마주 보고 앉아 있었다. 창밖으로 아이들이 소란스럽게 떠들며 지나가는 소리가 들렸다. 어디선가 경적이 울렸다.

워머에 놓인 찻주전자가 식을 즈음, 부인이 긴 잠에서 깨어나듯 끙 소리를 내며 몸을 곧추세웠다.

"이제 일하러 갈 시간이지 않아요?"

나는 고개를 끄덕이고 찻잔에 남은 미지근한 차를 입안에 털어 넣었다. 셸던 부인이 현관 앞에서 잠시 멈추더니 말했다.

"헌트는 1978년에 죽었어요. 급성 폐렴이었죠. 우습게도 나는 남편에게 마지막으로 잘 자라는 인사를 할 때까지도 노인 뇌 수축증의 치료법을 찾아냈으니 우리가 앞으로 적어도 10년, 20년은 함께 살 수 있으리라 확신하고 있었어요. 이미 그건 우리 미래가 아니었는데."

나는 짧게 숨을 들이켜고 셸던 부인을 돌아보았다. 부인이 팔을 뻗어 내 어깨를 톡톡 두드렸다.

"내가 다른 세계에서 가져온 치료법이 얼마나 많은 사람을 살렸는지 난 몰라요. 내가 어떤 글을 쓸 수 있었을지, 무엇을 더 할 수 있었을지 몰라요. 사실 아가씨에게 물어보고 싶은 마음이 있었지만, 지금은 모르는 채로 있어도 상관없겠다는 생각이 드는군요. 그래서 실망했다면, 미안해요."

삐걱대며 열린 현관 문틈으로 따뜻한 가을 햇살이 스며들어왔다.

"그래도 리즈, 그 일은 나를 살렸어요."

나는 어깨에 닿은 따뜻하고 주름진 손을 감싸 쥐고 살짝 입을 맞춘 다음 뛰듯이 현관을 나섰다. 공원 서쪽으로 한참을 걷다가 뒤를 돌아보자, 햇빛을 받아 반짝이는 휠체어의 손잡이가 시선 끄트머리에 걸렸다.

일단 무엇을 찾아야 할지 알면 한없이 쉬운 것이 우리 일이다. 도서관 자료 검색창에 '노인 뇌 수축증'을 입력해 나온 자료를 모조리 복사하고 나서도 폐관 시간까지는 30분 정도가 남았다. 나는 과학소설 코너로 가서 책장을 둘러보았다. 알(R). 알리시아 램지, 제니퍼 라빈, 콜린 로넌, 마이크 레스닉…… 크리스티나 루트벤. 나는 셸던 부인의 말을 떠올리며 낯선 이름이 쓰인 책을 펼쳐 들고 읽기 시작했다. 팁트리 주니어가 1980년대에 썼을 법한 글이었다. 폐관을 알리는 안내방송이 들렸다. 나는 책을 덮고 출구 근처 검색대에 잠시 멈추어 서서 충동적으로 '앨리스 셸던'이라는 이름을 넣어보았다. 지역 신문에 실린 단편 몇 편과 인도 여행 관련 소책자로 이루어진 짧은 목록이 떴다. 나는 언제나 누군가가 빈자리를 채운다고 생각했다. 그러나 이 세계의 루트벤은 다른 사람의 빈자리를 채우기 위해 글을 쓰지 않았을 것이다. 셸던 부인이 낯선 시공을 헤매며 만들어간 것은 제임스 팁트리 주니어가 빈자리로 남은 세계가 아니었다. 언제나, 누군가는 살아가고 있다는 생각에 문득 눈시울이 뜨거워졌다. 갑자기 칼이 못 견디게 보고 싶었다.

"어어, 왜 벌써 왔나?"

책상에 산처럼 쌓인 자료를 분류하던 동료 몇이 고개를 들었다. 소장님이 소장실의 유리문 뒤에서 몸을 일으키는 모습이 보였다. 꼭 사흘을 채우란 법은 없지만, 출장지에서 하루 만에 돌아오는 경우는 드물었다. 맞은편 자리에서 테드가 걱정스러운 눈으로 나를 살폈다.

"별일 없었어요. 휴가를 내고 싶은데."

"괜찮아?"

"그럼."

나는 싱긋 웃으며 서류 가방을 흔들었다.

"내가 뭘 가져왔는지 알면 소장님도 휴가 정도 안 내어주실 수 없을걸."

"뭔지 열어나 보게. 캘리포니아 오렌지?"

밝은 내 표정에 잠깐 놀란 기색을 가라앉힌 동료들

이 내 자리로 모여들었다. 나는 두툼한 복사지 더미를 꺼내어 다가온 소장님께 넘겼다.

"알츠하이머병 치료법요."

나는 흥분하여 법석을 피우는 동료들 사이를 조용히 빠져나왔다. 저녁 7시. 칼이 퇴근했을 시간이었다. 나는 아직 따뜻한 내 세계의 가을바람을 맞으며 천천히 버스 정류장을 향해 걸었다. 적어도 일주일 정도는 포상 휴가를 받을 수 있으리라. 나는 내일부터 준비할 것들을 하나씩 머릿속으로 정리해보았다. 창고 안쪽에 있는 커다란 여행 가방을 꺼내자. 칼이 휴가를 받을 수 있을지 알아보아야겠지. 여름휴가를 가지 않았으니 가능할 것이다. 그런 다음 아버지께 전화를 하자. 괜찮다고 말해야 할까, 잘 지내셨느냐는 인사부터 해야 할까. 살아남아주신 것이 사실은, 사실은 고마웠다는 말을 지금껏 하지 않았는데. 항공권을 예매하고, 오랜만에 우리가 좋아하는 레스토랑에서 저녁을 먹자. 그리고 모레 아침에 출발하면…… 하지만 그 전에, 지금 가장 먼저 해야 할 일은…….

딩동.

벨을 누르자 칼이 깜짝 놀란 얼굴로 문을 열었다.

"세상에, 리즈. 출장은 어쩌고? 취소된 거야? 오늘 아침에는 정말 미안해. 아니, 어제도 미안했어. 네 일이니 그렇게 몰아붙이지 말았어야 했는데. 아침에 얼굴도 제대로 못 보고 나와서 하루 종일 얼마나……."

나는 칼의 목을 꼭 끌어안았다.

"보고 싶었어."

칼이 내 손을 감싸 쥐며 가만히 눈을 맞췄다.

"나도."

제임스 팁트리 주니어(James Tiptree Jr., 1915~1987)

미국의 과학소설 작가로 본명은 앨리스 브래들리 셸던. 지리학자이자 유명한 여행가였던 부모를 따라 아프리카와 인도를 여행하며 어린 시절을 보냈다. '아프리카 대륙을 밟은 최연소 모험가'로 어려서부터 사교계의 유명 인사였다. 1940년대 초반에 예술 비평가로 잠시 활동했으나 1942년에 미군에 입대, 정보부에서 근무했다. 1946년에 일시 제대했다가, 1952년에 CIA로 재배치되어 정보원으로 활동했다. 1955년에 제대했다.

심리학 박사과정을 마친 1967년부터 제임스 팁트리 주니어라는 가명으로 작품 활동을 시작했다. 성, 자아, 여성주의, 환경, 그리고 무엇보다도 죽음에 대한 깊이 있고 음울한 성찰을 담았던 그의 단편은 1970년대 과학소설계에 큰 충격을 주었다. 늘 우편으로 소통하며 중년 남성 행세를 하던 제임스 팁트리 주니어가 여자라는 사실은 1977년에야 밝혀졌다.

1945년에 헌팅턴 셸던과 결혼했다. 1980년대 초부터 사실상 작품 활동을 중단하고 알츠하이머병에 걸린 남편을 간병하다가, 남편의 죽음이 가까워진 1987년 5월 19일, 눈먼 남편을 죽이고 자신도 자살했다. 자살 직전에 앨리스와 통화했던 의붓아들 피터는 "(어머니는) 즉시 따라 죽지 않는다면 사후 세계에서 아버지와 다시 만날 수 없을지도 모른다고 진심으로 생각하는 것 같았다. 사후 세계를 종교적으로 믿었다기보다는, 그들 사이에 전부였던 그 관계가 이 삶을 넘어서까지 계속되리라는 관념 같은 것이었다"라고 회상하고 있다.

이후 페미니즘 문학에 기여한 그의 공로를 기리는 '제임스 팁트리 주니어 기념상'(현 아더와이즈상)이 제정되어 해마다 젠더에 대한 문학적 시야를 넓힌 과학소설과 판타지소설을 대상으로 수여되었다.

비거스렁이

• 비가 갠 뒤에 바람이 불고 시원해지는 일.

1

"야! 담임이 자습하고 있으래!"

교무실에 갔던 반장이 앞문을 벌컥 열고 들어오며 말했다. 일순 문으로 쏠렸던 시선이 다시 흩어졌다.

"그럴 줄 알았어. 어떻게 담임은 만날 늦냐."

"저래도 안 잘리는 게 신기하지."

투덜거림에 가까운 술렁임의 물결이 나를 피해 한 번 출렁였다. 나는 고개를 숙인 채 읽고 있던 책의 마지막 문단을 꼼꼼히 다시 읽었다. 누가 책상 끝을 톡 두드렸다.

"어?"

반장이었다.

"담임이 너 교무실로 오래."

짜증이 치밀었다. 의자를 휙 밀어내며 자리에서 일어났지만, 아무도 내 쪽으로 고개를 돌리지 않았다. 나는 홧김에 의자 다리를 한번 툭 친 다음 뒷문으로 향했다. 내 뒤에서 반장이 목소리를 낮추어 짝에게 묻는 소리가 들렸다.

"그런데 16번 쟤 이름이 뭐더라? 조금 전에 들었는데 또 까먹었다."

나는 짝의 답이 들리지 않게 뒷문을 꼭 닫았다.

우리 반 담임은 입학식 후 일주일이 지나서야 나타났다. 나는 임시 교사가 번호순으로 앉혀놓은 네 번째 줄 맨 구석 자리에 앉아, 한 박자 늦은 담임의 말보다는 어젯밤 읽다 만 책에 관심을 쏟고 있었다. 나는 수업이나 조회 중에 딴짓을 하다가 걸리는 경우가 거의

없었다 —— 솔직히 말하자면 무엇으로든 주목을 받아
본 적이 없었다. 주인공이 막 사막의 끝에 서서 구름
한 점이 없는 하늘을 올려다본 순간, 갑자기 책 속에
서 확 끌려 나온 듯한 낯선 기분이 들었다. 다른 사람
들의 시선이 느껴졌다. 고개를 천천히 들었다. 담임이
조금 놀란 듯한 눈으로 나를 똑바로 바라보았다. 담임
의 시선을 따라 반 아이들도 내 쪽으로 고개를 반쯤
돌리고 있었다.

"어…… 왜요?"

담임이 입을 뻐끔거리더니 물었다.

"에, 음, 그러니까, 너 이름이 뭐지?"

출석은 조금 전에 불렀잖아? 나는 익숙지 않은 아이
들의 시선을 불편해하며 중얼거리듯 대답했다.

"16번 홍지영요."

담임이 교탁에 놓여 있던 출석부를 펼쳐 맨 앞의 사
진을 유심히 들여다보더니, 다시 나를 뜯어보았다.

"에, 그래. 조례는 이만하면 되었고, 앞으로 잘 부탁

한다. 그리고 너, 지……."

담임이 덮었던 출석부를 다시 열어 재빨리 훑었다.

"지영이는 나 따라오고."

앞문이 닫혔다. 아이들은 담임의 이상한 행동에는 전혀 개의치 않는 듯 다시 수다를 떨기 시작했다. 나는 손가락을 끼워두었던 책장에 메모지를 찔러 넣고, 조용히 일어나 뒷문으로 나갔다.

"어디서 왔니?"

상담실 의자에 나를 앉히자마자 담임이 불쑥 물었다.

"백의중학교요."

"아니, 그게 아니라……."

담임이 머리를 몇 번 흔들더니 다시 나를 빤히 쳐다보았다. 나는 시선에 익숙하지 않았다. 내가 눈을 내리깔자 담임이 후, 하고 한숨을 쉬더니 의자에 몸을 기댔다. 정수리와 어깨를 타고 내려가는 시선이 느껴졌다. 나는 마침내 참지 못하고 허리를 곧추세웠다.

"선생님이 아는 사람하고 닮았어요?"

담임이 가볍게 고개를 젓고 되물었다.

"계속 이 동네에 살았니? 초등학교는 어디 나왔어?"

"백의초등학교요. 서울에서 5학년 때 전학 왔어요."

어머니가 오빠를 데리고 미국으로 건너가고 반년쯤 지났을 때였다. 유학에는 생각보다 돈이 많이 들었고, 아버지는 어머니가 바란 대로 서울 집을 팔아 지금 사는 동네에 자리를 잡았다. 이사한 다음 해에 음악으로 유명하다는 어느 사립 고등학교에 입학했던 오빠는 이제 '학비는 비싸지만 교수진이 실력 있다'는 대학을 다니고 있었다. 오빠와 어머니는 1년에 한 번씩 한국에 돌아왔지만, 그럴 때도 작은 방 두 개가 전부인 집으로 들어오지는 않았다.

"알았다. 1교시 시작할 때 되었으니까 일단 들어가보렴."

내가 교실에 없다 해도 누가 눈치챌 것 같지 않았지만, 대충 고개를 끄덕이고 일어났다. 문으로 걸어가는데, 담임이 뒤에서 갑자기 불렀다.

"너 말이야……."

문손잡이에 손가락을 끼운 채 뒤돌아보자, 담임이 조금 난처한 얼굴로 머리를 쓸어 넘겼다.

"미안하다. 이름을 잘 못 외워서."

누구나 그랬다. 그래서 이름을 말할 때마다 번호를 대는 것은 나의 오랜 습관이었다.

"16번 홍지영요."

"그래, 지영아. 6교시 끝나고 자율 학습 시간에 교무실에 올래? 학원에 가니?"

"아뇨. 학원 안 다녀요."

"그러면 나중에 보자."

그때부터 담임은 나를 귀찮게 하기 시작했다. 나를 불러내 상담을 한답시고 부모님과 마지막으로 이야기한 적이 언제였는지(아버지와는 지난주 일요일 저녁에 마주쳤고, 어머니는 한 달쯤 전에 전화했다), 중학교에서는 몇 반이었는지(1-3, 2-6, 3-2), 동아리에 들 생각은 있는지

(전혀 없었다), 반 아이들 중에 누구와 친한지(친하네 마네 할 것도 없이, 다들 나를 잘 기억하지 못했다) 따위를 꼬치꼬치 캐물었다. 그리고 내가 눈을 내리깔고 대답하는 내내, 나를 끈질기게 바라보았다. 나는 부모님을 포함해 누구에게서도 이렇게 큰 관심을 받은 적이 없었고, 그 상태에 만족하고 있었다. 대체로. 어쨌든 나는 담임의 주목을 받고 싶지 않았다. 내가 나를 기억해주길 바라는 사람은 그녀가 아니었다. 하지만 내 나이쯤 되면 대개 깨닫게 되듯이, 세상에 단지 바라는 것만으로 이루어지는 일이란 많지 않은 법이다. 그 애는 (다른 아이들과 마찬가지로) 나에게 그다지 관심을 갖지 않았다. 같은 고등학교에 입학해 처음으로 같은 반이 되었을 때는 기뻤지만, 그야말로 그뿐이었다.

지금보다 더 많은 것을 바란 적이 있었다. 내가 다른 사람들의 기억에 남을 만한 사람이기를, 출석을 부를 때나 선생님의 입에 이름이 오르고 학급비를 걷을 때나 보이는 사람이 아니기를 바란 적이 있었다. 학년이 바뀔 때마다 짝에게서 "어, 진짜? 우리가 작년에 같은 반이었어?"라는 말을 듣는 사람이 아니기를 바란 적이 있었다. 내가 느끼는 위화감을 내가 특별하다는 증거로 여기고자 애쓴 적이 있었다. 그 애가 (내가 그렇듯이) 사실은 나를 보고 있다고 믿으려고 노력하던 때가 있었다. 어머니가 오빠를 위해 그렇게 쉽게 떠나지 않기를 바랐던 적이 있었다. 내가 어디에서든, 누구에게든 좀 더 선명하게 보이는 사람이기를 바란 적이 있었다. 사람들이 가끔 마치 내가 보이지 않는 것처럼 행동하지 않기를 소원한 적이 있었다. 최소한 나의 미약한 존재감에 뭔가 그럴듯한 이유가 있기를 바란 적이 있었다. 인체의 70퍼센트는 물이라고 배우고 나서, 사실 내 몸은 85퍼센트쯤이 물이라 다른 사람들보다 투명하게 보이는 게 아닐까 상상하기도 했다. 그리고 나처럼 물의 비중이 높아 보통 사람들의 눈에는 보이지 않는 사람들이 어울려 살아가는 세상이 있을지도 모른다는 상상을 했었다. 하지만 당연히 내 신체검사 결과는 매년 정상이었고, 나는 바라지 않는 일에 익숙해졌으며, 툭하면 자습을 시키고 어디론가 사라지는 담임이 마침내 내 이름을 기억했다고 해서 달라질 일은 없었다.

이런 생각을 하며 뒷문 앞에 멍하니 서 있는데, 다시 문이 열리더니 한쪽 옆구리에 프린트를 낀 그 애가 나왔다.

"어, 여기서 뭐 해?"

나는 급히 문에서 한 걸음 떨어지며 대답했다.

"담임이 불러서. 현수 너는?"

"아, 나는 이거 생물이 7교시 끝나기 전에 내라고 했거든."

현수가 일단 답을 하고 슬쩍 내 눈치를 보았다. 내가 재빨리 말했다.

"나는 16번 홍지영이야."

"아 참, 그렇지. 교무실 같이 가자. 같은 중학교 나온 애들 말고는 외우기가 어려워서."

나는 복도를 두어 걸음 걷다 말고, 불쑥 입을 열었다.

"우리 같은 중학교 나왔어."

"진짜? 같은 반이었어?"

"아니, 같은 반은 아니고…… 옆 반."

현수와 나는 초등학교 6학년 때부터 4년 내내 옆 반이었다.

"그랬나. 에고, 미안."

현수가 시원하게 웃더니 내게 맞춰 걸음을 조금 늦추었다. 현수와 이렇게 가까이 있을 기회는 거의 없었지만, 그렇다고 갑자기 살갑게 얘기할 만한 화제가 생길 리도 없었다. 나는 애써 머릿속을 뒤졌다.

"참, 우리 다음다음 주에 같이 주번이야."

"그래? 너 집 어딘데?"

"백묘동."

"학교 오는 데 시간 좀 걸리겠네. 그럼 아침 일은 내가 할 테니까 수업 끝나고 일지는 네가 갖다 내줄 수 있을까? 주번 하고 나면 학원에 늦을 거 같아서."

"그러지, 뭐."

나는 시선을 피하지도 맞추지도 못하며 애매하게 중얼거렸다. 현수와 나 사이에 텅 빈 정적이 내려앉았다. 어색하지조차 않은 그 고요가 서러웠다. 만약 나도 학원에 다녔다면 현수와 더 친해졌을까? 아침에 일찍 와서 같이 주번 활동을 하면 현수와 친해질 기회가 생길까? 그렇게 쉬울 리가 없었다. 학원에 일주일 중 엿새를 같이 다녔다고 해도 현수는 여전히 나를 모르겠지. 다른 사람들과 마찬가지로. 갑자기 울컥 눈물이 날 것 같아, 나는 현수에게 "나 좀 급해서, 먼저 갈게"라고 불쑥 말하고 복도를 뛰기 시작했다.

담임은 등을 곧게 펴고 의자에 빳빳이 앉아 서류를 노려보고 있었다. 연구부장이나 학생부장 같은 직책을 맡지도 않았는데, 담임에게는 늘 서류가 많았다. 요전에는 담임이 맨 밑 서랍을 잠깐 여닫는 모습을 본 적이 있다. 그 서랍에는 저게 뭔지 자기는 다 알려나 싶은 서류철이 잔뜩 들어 있었다.

"왔구나."

내가 다가가자 담임이 서류철을 탁 덮으며 말했다. 담임은 언젠가부터 내 기척을 꽤 잘 알아챘는데, 내가 있어도 있는 줄 모르는 사람들에게 익숙한 나로서는 이것도 불편한 점이었다. 담임이 의자를 돌리는 대신 뒤로 가볍게 밀며 일어나더니, 내 얼굴을 보고 눈썹을 찌푸렸다.

"너 표정이 왜 그러니?"

목에 뭐가 걸린 것 같았다. 나는 침을 힘겹게 삼키고 말했다.

"선생님, 저 좀 그만 부르세요. 저 진짜 상담 같은 거 필요 없거든요."

담임이 놀란 듯 입을 조금 벌리더니, 머리를 쓸어 넘겼다. 주위에 버릇없다며 먼저 나서서 야단칠 사람은 없었지만, 있었다 해도 상관없었다. 현수가 나를 전혀 기억하지 못한 것에 동요해서였는지, 나는 나답지 않게 선생님을 똑바로 쳐다보며 말했다.

"제가 무슨 문제 일으키는 것도 아닌데 자꾸 오라 가라 하시니까 짜증 나요."

담임이 의자에 도로 앉았다. 가죽 의자의 쿠션이 눌리면서 끼익, 하고 기분 나쁜 소리가 났다. 담임은 화를 내는 대신 단발머리를 몇 번 쓸어 넘기더니, 다시 고개를 바로 하고 나를 올려다보았다.

"너는 지금 이대로 좋은 거니?"

좋고 말고 할 게 어디 있어요? 꽥 소리를 지르고 싶어졌다. 나는 바라는 일을 이루지 못하는 사람이 나 하나뿐이라고 믿는 어린애가 아니었다. 엄마가 보고 싶다고 밥상머리에서 훌쩍이는 아기도 아니었다. 때때로 거울을 보고 내 존재를 확인해야 한다고 해서, 지난 몇 년 동안 내 생일에도 전화하지 않은 어머니를 두었다고 해서, 내가 좋아하는 아이가 5년이나 같은 학교를 다닌 나를 알아보지 못한다고 해서, 10년 동안 학교를 다니면서 내 이름을 제대로 기억하고 불러준 선생은 지금 담임이 처음이라고 해서 딱히 아쉬울 것도 없었다.

"나쁠 건 또 뭐가 있어요?"

담임이 천천히 일어나 내 머리를 쓰다듬었다.

"그래, 많이 힘들었구나."

담임의 손을 피하려 고개를 숙여 비틀자, 교무실 바닥에 뚝, 눈물이 떨어졌다.

2

정연은 세 번째 서랍을 열고 새로 들어온 서류철을 한 뭉치 꺼냈다. 어깨가 뻐근했다. 이쪽 일은 모든 과정이 지나치게 노동 집약적이다. 안정화 처리된 문서를 통하지 않으면 언제 혼란이 일어날지 모르는 상황은 이해가 되었지만, 그래도 지영처럼 운 없는 케이스

를 만나면 뭔가 다른 방법은 정말 없을까 싶어 마음
이 조급해졌다. 지영은 교무실에 서서 눈물을 뚝뚝 떨
어뜨리다 갔다. 하다못해 공간만 불일치했다면 지금처
럼 힘들지는 않을 텐데, 지영은 실제 나이와 표면 나이
도 몇 달 정도 차이가 나는 시공간 동시 불일치 케이
스였다. 그러니 존재감이 약할 수밖에 없었다. 열여섯
이 될 때까지 버틴 것만도 대단했지만, 이제 서서히 한
계에 다다르고 있는 것이 보였다. 희미하게 비치는 지
영을 교실에서 처음 보았을 때는 깜짝 놀랐다. 열세 살
이 넘도록 자신의 세계가 아닌 곳에서 정체성을 유지
하는 사람은 거의 없었다. 대부분은 발견되기 전에 사
라졌고, 정연처럼 남은 몇몇 사람은 더 이상 어디에도
'자신의 세계'를 갖지 않았다.

　다른 선생님들은 대부분 퇴근하거나 자기 교실에 들
어간 늦은 오후였다. 봄비라기에는 늦고 장마라기에는
이른 가느다란 빗줄기가 한적한 교무실 창을 두드리기
시작했다. 정연은 어깨를 몇 번 두드리고 의자를 한 단

낮추었다. 세계의 경계를 통과할 때 특유의, 몸이 흩어졌다가 단단히 뭉치는 듯한 익숙한 느낌이 찾아왔다 사라졌다. 노란 서류철을 꺼내 펼쳤다. 다른 세계의 균형자들이 정연이 지영에게서 지금까지 읽어낸 단서들을 바탕으로 조사한 결과였다. 비동시적 동시성을 띠고 매 순간 각자의 미래로 흩어지는 수많은 세계 간에는 커피 필터의 작은 구멍 같은 틈이 있었다. 균형자들은 마치 우주선 안팎의 기압을 맞추듯이, 지영처럼 틈으로 잘못 빠져든 사람들을 원래 세계로 돌려보내 세계들 사이의 균형을 유지하는 일을 맡았다. 처음부터 틈에서 태어난 사람들도 있었고 자기 세계를 찾지 못하다가 균형자가 되는 사람들도 있었다.

이번에 들어온 보고서에는 지영의 세계 같은 곳이 두 군데 있었다. 지금까지는 계속 허탕이었다. 그럴듯한 세계를 찾아낼 때마다 지영을 교무실에 불러들여 의자에 앉히고 틈에 끼워보았지만 들어맞는 곳이 없었다. 비슷한 삶이 존재하지 않듯이 비슷한 세계도 존재하지 않았다. 겉으로 어떻게 보이든 실제로 지영에게 딱 맞는 세계는 하나뿐이었다. 지영에게 상황을 설명해서 해결될 문제라면 훨씬 편하겠지만, 다른 세계니 시공간 불일치니 하는 말을 믿어주기를 바라기도 어려울뿐더러, 자기 세계를 스스로 찾아가기란 불가능했다. 틈을 직접 들여다보고 그 세계에 어울리는 조각들을 맞춰나가는 것은 균형자만이 갖는 재능이자 업이었다. 정연은 한숨을 쉬고, 오늘 교무실에 지영이 남기고 간 이세계(異世界)의 희미한 얼룩을 걷어내 세 번째 서랍에 집어넣었다.

"어제는 잘못했습니다."

울고 간 다음 날이었다. 전날부터 비를 뿌리던 거먹구름이 하늘을 무겁게 덮고 있었다. 정연이 아무 말 않았는데도 먼저 찾아온 지영은 불편한 표정으로 고개를 숙였다. 단발머리가 얼굴선을 타고 희미하게 흩어졌다.

지영의 처지를 생각하면 굳이 사과를 할 일이 아니었다고 생각하면서도, 정연은 기회를 핑계 삼아 사뭇 엄한 표정으로 입을 다문 채 지영을 꼼꼼히 살폈다. 착각이 아니었다. 머리카락 끝이 반투명하게 흐려지고 있었다. 임계점에 다가가고 있는 것이 분명했다.

"어쩌다가 그랬니? 고민이 있으면 선생님한테 말해 보렴."

지영이 머리를 반쯤 들고 정연의 눈치를 보았다. 지영의 눈이 순간적으로 사라졌다가 나타나자, 정연은 초조한 마음에 의자에서 일어나 지영을 눌러 앉혔다. 지영이 당황한 표정으로 엉거주춤 엉덩이를 들었다가, 도로 의자에 몸을 묻고 자신 없는 얼굴로 속삭이듯 말했다.

"저도 모르겠어요. 제가 여기에 없는 것 같아요."

굵은 빗줄기가 유리창을 때리기 시작했다. 시야를 내리누르는 습기 때문인지, 누군가에게는 아득한 미래일 과거에 지났던 꼭 저와 같은 회갈색 대기가 기억 속에서 떠올랐다. 정연이 지영 정도 나이이던 시절의 이야기였다. 암모니아 비가 작은 우주선의 창을 스치고 회색 공기층을 갈랐고, 정연은 우주선 밖으로 튕겨 나갈까 두려운 양 안전띠를 두 손으로 움켜쥐고 앉아 있었다. 수많은 세계와 시간을 통과했던 베테랑 부기장이 정연의 앞에 꿇어앉아 눈높이를 맞추고 입을 열었다. 그는 그보다 훨씬 먼 과거에 생겨났던 틈과 훨씬 먼 미래에 정해진 균형에 관해 이야기했다. 정연은 그의 말을 다 이해하지 못했지만, 그가 가로질렀다던 다른 구름들과 거기서 흩날리며 떨어지는 색색깔의 빗방울만은 눈앞에 그리듯이 떠올릴 수 있었다. 그래서 정연은 항해가 끝나기 전에 선택했었다. 교복 옷자락을 만지작거리는 지영을 내려다보며, 정연은 마지막 순간까지 기다렸다면 언젠가 그의 세계를 찾아낼 수 있었을지 생각하지 않을 수 없었다. 그랬다면 열여섯 살난 지구인의 존재 개연성에 관한 보고서를 한 장씩 읽으며 지구의 대기를 숨 쉬는 대신 진짜 그의 세계에서 현재를 살며 천천히 나이 들어갈 수 있었을까.

등받이에 손을 얹고 첫 번째 세계로 의자를 돌렸다. 비슷하긴 했지만 이번 세계도 달랐다. 정연은 반쯤 선명해지던 지영이 틈 위에서 다시 희미하게 흩어지는 모습을 낙담하여 바라보았다. 시간이 없었다.

"중학교 때요."

의자가 돌아가는 바람에 창 쪽으로 시선을 향하게 된 지영이 불쑥 입을 열었다.

"옆 반에 어떤 남자애가 있었어요. 전부터 이름하고 얼굴은 알고 있는 애였거든요. 하루는 집에 가는 길에 우연히 같이 걷게 됐는데, 정말 재밌었어요. 특별한 얘길 하진 않았지만, 같이 웃으면서, 특별히 즐거웠다고 생각했어요. 그런데 다음 날 복도에서 다시 마주쳐서 인사를 했는데, 절 모르더군요. 모르는 척하는 게 아니라 진짜 몰랐어요. 예전에도 그런 일은 종종 있었지만, 그때는 왠지 굉장히 충격을 받아서…… 뭐랄까, 제가 잘 보이지 않는 반쪽 사람이라고 확인당한 기분이었어요."

지영의 목소리가 절박해졌다.

"저는 제대로 여기에 있고 싶어요. 누구나 알아보는 사람이 아니라도 좋으니까, 특별하지 않아도 되니까 최소한 그런 애가 있었다고 기억에라도 남는 사람이 되고 싶어요. 왜 안 될까요? 제 어디가 이상한 거예요? 한 번이라도, 여기가 내 자리라는 느낌을 받고 싶어요. 붕 떠 있는 것 같은, 금방이라도 발밑이 사라질 것 같은 느낌이 싫어요. 제 성격에 문제가 있는 건가요?"

지영이 필사적으로 선명해졌다. 정연은 깊이 숨을 들이쉬고 무릎을 구부려 몸을 낮추었다. 습한 공기에서는 먼지, 분필, 장마의 냄새가 났다. 정연은 지영의 답을 알 수 있었다. 질문을 하지 않아도 되길 간절히 바라며 의자 팔걸이에 힘없이 걸려 있는 지영의 손을 살며시 잡았다.

"네 잘못이 아니었어."

정연이 힘주어 말했다. 지영이 불안한 눈으로 정연

을 쳐다보았다.

"하지만……."

정연이 의자를 두 칸 올리고 반 바퀴 돌렸다. 의자에서 달칵, 틈이 벌어지는 소리가 났다. 지영이 흔들리더니 구름 속에서 착륙을 준비하는 빗방울처럼 선명해지기 시작했다. 어떤 사람들은 본 적도 없을 우주 한복판에서 정연이 이처럼 흔들렸던 순간이 있었다. 정연은 잠시, 지영에게 저 틈 너머에 수많은 세계가 있다고, 지영도 원한다면 그 사이로 아득히 흩어지며 살아갈 수 있다고 말하고 싶었다. 맞지 않는 세계에서 오랫동안 버텨온 지영이 얼마나 대단하고 대견한지 진심으로 칭찬하고 싶었다. 그러는 대신, 정연은 지영의 눈을 똑바로 쳐다보고 한 번 더 말했다.

"네 잘못이 아니었어."

그리고 틈이 닫혔다.

3

"이제 좀 괜찮니?"

담임이 걱정스러운 얼굴로 나를 내려다보고 있었다. 나는 눈을 몇 번 깜박이고 담임의 회전의자에서 엉거주춤 일어났다.

"어…… 네."

"어휴, 깜짝 놀랐네. 늦게까지 붙잡고 있어서 미안하다. 피곤하면 말하지 그랬니."

"이런 적은 별로 없는데……. 오늘은 날씨가 나빠서 그런가 봐요."

담임이 어리둥절해하며 창으로 눈을 돌렸다. 구름이 한두 조각 흐르는 청명한 하늘에는 아직 해가 걸려 있었다.

"처서 지나니 훨씬 시원해지지 않았니? 더위를 많이 타는가 보네. 그럼 가보렴. 도와줘서 고맙다."

나는 주춤주춤 인사를 하고 교무실을 나왔다. 몸이

조금 흔들렸다. 날씨 탓은 아닐지 몰라도, 몸이 불편한 것은 사실이었다. 뒷문을 열고 교실에 들어서자, 비어 있을 줄 알았던 교실에서 누군가 일어섰다.

"왔네. 담임이 너 너무 오래 잡고 있어. 종 쳐도 안 오기에 내가 가방 싸놨어. 그리고 휴대폰 놓고 갔었지? 너네 엄마가 전화하셔서 저녁 먹고 들어올 건지 물어보시길래 같이 먹고 갈 것 같다고 말씀드렸어. 영화 상영 시간에 늦겠다. 어서 가자."

현수가 내 책가방을 가볍게 두드리며 말했다. 갑자기 교실 바닥을 단단히 딛고 선 듯한 느낌이 들었다. 나는 나도 모르게 말했다.

"다녀왔어."

현수가 이상하다는 듯이 눈을 가늘게 뜨고 내 얼굴을 살피더니, 내 가방을 어깨에 걸치며 피식 웃었다.

"그래, 어서 와."

교실 맨 앞줄

나는 항상 맨 앞줄에 앉았어.

맨 앞은 인기가 없지. 여기 앉으면 수업 시간에 딴짓할 수가 없어. 잠깐 졸기도 어려워. 선생님의 침이 튀기도 하고 책상을 옮겨야 할 때도 있지. 아무도 답을 안 하거나 손을 안 들면 선생님이랑 눈 마주치기 딱 좋은 자리라 항상 신경을 곤두세워야 해. 다른 아이들이 모두 등 뒤에 있으니 교실 분위기도 알기 힘들어. 그래도 나는 맨 앞줄에 앉았어.

있잖아. 맨 앞줄에 앉은 사람에게 교실은 직사각형이 아니라 사다리꼴이야. 앞쪽은 짧은 윗변, 뒤쪽은 긴 아랫변. 교실 뒤쪽이 언제나 더 넓어. 뒤쪽에 더 많은 사람이 있고, 뒤쪽에서 더 많은 사건이 일어나지. 원래 뒤에 있을 때 더 많은 걸 보는 법이잖아.

맨 앞줄에 앉는다는 건, 그 넓은 공간을 뒤로하고 교탁과 칠판만 보이는 아주 작은 공간에 머무른다는 뜻이야. 맨 앞줄에만 계속 앉으면, 뒤에서 일어나는 일을 보지 않고, 뒤에서 들리는 소리를 듣지 않고, 뒤에 있는 사람들과 섞이지 않게 돼. 사다리꼴의 빗변을 따라 걸어 등교해서, 윗변에 가만히 앉아 수업을 듣다가, 다시 빗변을 따라 하교하면서, 3차원 공간에서 2차원적으로 지내는 거야.

3차원 입체가 2차원에서는 선처럼 보이고, 2차원 선을 1차원에서 보면 점이 된대. 나는 3차원인 교실에서 납작한 면처럼, 교실 바닥에 얼룩처럼 존재하는 나를 상상해. 가끔은 얼룩만큼의 존재감도 없어. 사다리꼴을 그리다 잘못 그은 선이 더 어울리겠다. 자를 대고 직선을 그을 때 자와 펜 사이의 각도를 잘 맞추지 못하면 펜이 튀면서 곡선을 삐죽 그릴 때 있지? 나는 딱 그런 튀어나온 선처럼 교실에 앉아 있어. 제대로 그린 선에 너무 가까이 있어 지우기 까다롭고, 수정테이프를 여러 번 요령껏 꺾어가며 칠해야 겨우 지울 수 있는, '아, 저기만 도려낼 수도 없고 어떡하지'라고 생각하며 한숨을 쉬게 만드는 얼룩 같은 선.

얼룩이든 삐져나온 선이든 작을수록 그나마 낫지. 나는 몸을 옹송그리고 존재감을 더 지우려 노력해. 얼룩이 움직이면 눈에 띄니 온종일 되도록 가만히 앉아 있어. 수업 시간에는 고개를 들고 쉬는 시간에는 엎드려. 점심시간에는 다른 아이들이 모두 나간 다음에 급식실에 가고, 하교할 때는 누구보다 빨리 교실을 빠져나가. 다른 아이들과 섞이지 않게. 밟히는 얼룩도 발에 채는 선도 되지 않게.

가장 싫은 건 2인 1조 과제야. 우리 반은 학생 수가 짝수거든. 홀수라면 어차피 한 명이 남으니 내가 혼자 하면 되는데, 짝수면 누군가는 나와 함께해야 해. 내 뒤로 펼쳐진 드넓은 교실에서 스물아홉 명이 눈치 게임을 하는 동안, 나는 '스스로 원하지 않은 것이 확실하지만 정말 어쩔 수 없이 재와 한 조로 과제를 해야하는 사람'이 정해지기를 기다려. 애들이 가끔은 두세번씩 눈치 게임을 반복하고, 그런 눈치 게임이 여간해서 끝나지 않을 때도 있어. 그럼 나는 아무 일도 없는 것처럼 앞만 보고 앉아 있어. 그 시간을 통째로 들어낼 수 있으면 좋을 텐데. 어쩔 수 없이 내 옆으로 떠밀려 올 사람을 기다리는 시간은 고통스러워.

나와 일단 짝이 된 사람이랑 같이 과제를 하는 건 괜찮아. 어차피 해야 할 일도 같이 있을 시간도 정해져 있으니까. 그건 어쩔 수 없는 거잖아. 다들 어쩔 수 없는 일에는 너그러워지지. 이렇게 생각해보니, 아무래도 내 존재는 어쩔 수 없는 게 아닌가 봐. 애들이 나한테 너그럽지 않은 걸 보면.

2인 1조 과제만큼이나 싫은 건 화장실이야. 내가 잘못 그은 선이라면 화장실에 가지 않아도 될 텐데, 나는 사람이라, 등교해서 물 한 모금 안 마셔도 화장실을 가야 할 때가 있어. 생리할 때는 더 자주 가야 하고. 가끔은 수업 시간에 화장실에 가. 선생님께 허락을 받아 빈 화장실을 쓸 수 있다면 가장 좋거든. 아무도 없는 화장실이 가장 안전하지. 하지만 날마다 수업 시간에 화장실을 갈 수는 없잖아. 아니, 일주일에 하루, 그러니까 한 달에 네 번만 그렇게 해도 나는 날마다 수업 흐름을 끊고 화장실을 다녀오는 애가 될 거야. 내게 들러붙은 음침한 별명과 소문들에다, 수업 시간에 화장실을 간다는 말까지 보태긴 싫어. 소문이 아흔아홉 개 있다고 해서 100번째 소문을 초연히 들을 수는 없다고. 게다가 이건, 내가 수업 시간에 화장실을 몇 번 가고 나면 완전히 거짓말도 아니게 될 테니까. 소문이란 게 그렇잖아. 정말 터무니없는 말과 조금쯤은 근거가 있는 얘기가 섞여 교실 뒤편, 사물함과 청소 도구와 목소리 큰 아이들과 친구가 많은 아이들 사이를 굴러다니며 먼지 공처럼 덩치를 키우지. 이 학교에는 내 등 뒤로 이미 아주 커다란, 나를 잡아먹을 것처럼 큰 소문 공이 굴러다니고 있어. 그걸 화장실로 더 키우고 싶지는 않거든. 게다가 화장실은 좀, 지저분하잖아. 나는 소문과 달리 결벽증은 아니지만, 또 다른 소문과 달리 깔끔하다고.

화장실 얘기로 돌아가면, 그래서 나는 점심시간이 끝나기 직전에 화장실을 가. 우리 교실은 2층이니까 3층 화장실에 얼른 뛰어갔다 와. 예전에는 여기나 저기나 하는 생각으로 교실에서 가장 가까운 화장실에 갔는데, 음, 같은 반이나 같은 학년 학생들이 많이 쓰는 화장실에 가는 건, 음, 피하게 됐어. 생리할 때는 영어B, 수학, 경제, 지구과학 시간 전이랑, 체육이랑 미술 시간 전에 화장실을 써. 생리 기간에 화장실을 자주 가야 하는 게 너무 힘들어서 피임약도 먹어봤어. 피임약을 생리 첫날부터 죽 먹으면 생리 기간에 생리혈이 거의 안 나오기도 하는 거 알아? 난 그렇더라고. 그러면 화장실을 평소 생리할 때만큼 자주 가지 않아도 되거든. 그런데 이제 당분간은 피임약을 먹기가 좀 그래.

약국에서는 시험 기간에 생리통이 심해서 그렇다고 하면 살 수 있는데, 지난번에 엄마한테 피임약 먹는 걸 들켰거든. 엄마가 왜 피임약을 먹느냐고 물어봐서 생리하면 공부하는 데 방해되니까 먹었다고 했지. 엄마는 내 말을 완전히 믿지는 않은 것 같아. 피임을 안 하는 것보다는 하는 게 낫지만 너는 어리니까 약을 먹지 말고, 피임약 먹게 하는 남자랑은 사귀지 말라며 혼내셨어. 나는 그냥 학교에서 화장실을 가고 싶지 않았을 뿐이고, 내가 화장실을 가지 않으려는 이유를 되짚어 보면 다른 건 몰라도 내게 피임약 먹게 하는 남자 같은 건 절대로 있을 수 없는데. 하지만 이런 얘기를 할 수는 없으니 그냥 적당히 혼나고 지나갔어. 탐폰을 써 보고 있는데 좀 어려워.

학교에서는 시간이 다르게 흘러. 수업 시간 50분이 쉬는 시간 10분보다 훨씬 짧게 느껴져. 쉬는 시간에는 들리는 소리에 귀를 닫고 보이는 것에 눈을 가려야 하는데, 이게 잘 안 될 때가 있거든. 그러면 10분이

100분처럼 흘러.

나 들으라고 하는 말을 아예 안 들을 순 없더라. 아무리 노력해도 안 돼. 아직도 가끔은 눈물이 나. 울어서 해결되는 건 아무것도 없는데. 기분이 나아지지도 않고. 아무도 없는 집에서 이불을 머리 위로 덮어쓰고 베개를 손에 꼭 쥐고서 한참을 울고 나면, 남는 건 코 푼 휴지와 저게 나구나 싶은 눈물 얼룩과 두통뿐이지. 대체 어떻게 하면 울지 않는 사람이 될 수 있을까?

응, 맞아. 나는, 선택할 수만 있다면 듣고 싶지 않은 소리는 차단해버리는 능력이나 어떤 상황에도 눈물이 나지 않는 능력을 고르고 싶었던 것 같아. 초능력이란 게 간절한 사람에게 생기는 것이었다면, 나는 눈막귀막 초능력자나 눈물증발 초능력자가 되었을 거야.

이것조차 내 마음대로 되지 않아서, 교실이 부서졌지.

처음에는 내가 그랬을 거라고 생각도 못 했어. 물론 학교에 가지 않아도 되는 상황을 바라긴 했어. 간절히 바랐지. 내 탓이 아닌 사건이 일어나길 바랐어. 아무

76

도 없는 밤에 학교 건물이 무너진다거나, 교문부터 중앙 현관, 교실 문과 창문까지 학교에 달린 문이란 문이 모조리 벽으로 변해버린다거나, 뭔가, 사람은 안 다쳤지만 당장 학교는 가지 않아도 되는 그런 사건 있잖아. 항상 바랐어. 평소보다 더 간절히 원한 날도 있었지. 앉을 자리를 새로 정하는 날. 전날 뒤에서 '들려온' 얘기에 몇 시간을 울어 눈이 퉁퉁 부은 날. 나는 알지도 못하는 아이가 내 어깨를 툭 치고 지나가며 낄낄댄 날. 화장실에 갇힌 날. 그렇지만 그런 날에도 나는 교실 맨 앞줄, 앞문 바로 앞자리에 잘못 그은 선처럼 숨죽이고 앉아 하루를 보냈어.

그 일이 벌어진 건 오히려 평범한 날이었어. 평범하게 모두가 나를 못 본 체하고, 나는 아무 소리도 들리지 않는 척 앞만 보고 앉아 있던 5교시. 교실이 썩둑 잘리듯 갈라지고, 바닥과 벽이 부서졌지. 수학 선생님과 반 전체가 앉거나 선 모습 그대로 한 명씩 운동장으로 순간 이동하고, 교실은 마른 나뭇잎처럼 조각났어. 우리 반 교실 바닥과 벽면만 마치 콘크리트나 시멘트가 아니라 종이를 도려낸 것처럼, 말 그대로 부서졌어. 아래층은 천장이, 위층은 바닥이, 앞 반과 뒤 반은 교실 앞뒤 벽면이 하나씩 사라졌지만, 신기하게도 원래 그렇게 생긴 도형인 양 한쪽 면 없이도 멀쩡히 그 자리에 있었어. 부서진 콘크리트가 운동장 한가운데에 차곡차곡 쌓였고, 먼지는 하나도 일지 않았지. 나도 운동장으로 이동했어. 마치 내 몸에 딱 맞는 투명한 직육면체 안에 들어가 있는 느낌이었어. 풍선하고는 좀 달랐어. 탄성도 전혀 없고 풍선 같은 부드러운 곡면 대신 각진 모서리가 분명히 느껴지는 아주 좁고 견고한 공간으로 옮겨진 것 같았어. 세워둔 관에 들어가는 거랑 비슷할 것 같아. 들어가본 적은 없지만 말이야. 답답하진 않았어. 아, 물론 이건 나만 그랬을 수도 있어. 원래부터, 다른 애들한테는 훨씬 더 넓은 교실이 나한테는 세상 어디보다 답답했으니까.

학교 건물이 비워지고 학교 건물 전체가 접근 금지

구역으로 지정되었어. 꿈같았어. 솔직히 너무, 너무 좋았어. 안전 문제로 더 이상 학교 건물을 쓸 수 없었어. 당장 수업할 다른 공간이 없어서 남은 학기는 온라인 수업으로 진행한다는 공지를 받았을 땐 행복하기까지 했어. 더는 내가 들어간다는 티를 내면서도 숨죽여 교실에 들어가는 미션을 수행할 필요도, 화장실에 가지 않으려고 목이 마른 걸 참거나 점심시간만 기다릴 필요도 없었어. 복도 맞은편에서 누가 다가올 때마다 지나가며 내 어깨를 치거나 나를 노려보거나 입속으로 나한테 욕을 할까 봐 긴장하지 않아도 되었어. 화면에 떠 있는 다른 애들의 얼굴 위로 빈 메모장을 덮었어. 아마 그 한 달이 내 지난 16년 삶에서 가장 행복한 시간이었을 거야. 안도감이 해일처럼 나를 덮쳤어. 성적이 올랐어. 변비도 나았어. 교실에서 몸을 구기고 앉아 있지 않은 덕분인지 원래 클 키였는지는 몰라도, 갑자기 키까지 컸어. 3학년부터 순차적으로 공간을 마련할 텐데 상황이 상황이다 보니 우리 학년은 졸업할 때까지 온라인 수업만 받을 수도 있다는 소식을 듣고는 너무 기뻐 하늘을 날 것 같았어.

그렇게 생각한 순간 몸이 붕 떠오르는 바람에, 내가 초능력자라는 사실을 알게 되었지. 선생님도, 학생들도, 나도.

있잖아, 그거 알아? 사실 내가 초능력자라는 거, 이게 그나마 가장 나아. 내가 쳐다볼 수도 없는 스물아홉 명과 같은 교실에서 숨 쉬고 수업을 듣는 것보다는 혼자 건물을 부수고 공간을 쪼개는 초능력자인 편이 훨씬 나아. 일반 학교도 못 다니고, 친구도 못 사귀고, 신분도 능력도 숨긴 채 감시당하며 사는 삶이 어떻게 더 나을 수 있느냐고 할지 몰라. 그렇지만 말이야, 초능력자는 실재하잖아. 아무도 초능력자의 존재를 의심하지는 않잖아. 정말 괴이한 일이 일어나도 초능력 때문이라고 하면 무섭다고 피할지언정 그 이상의 설명을 요구하지는 않잖아. 내 존재를 부인하지는 않잖아. 괴이한 일이 벌어지면 무섭고 꺼림칙하다고 피할지언정 초능력자가, 내가 존재한다는 사실을 부정하지는 않잖아.

나는 내 어디가 어떻게 잘못되었는지, 내가 뭘 잘못했는지, 내 무엇이 그렇게 밉고 싫은지 허공에 대고 묻고 또 묻는 일에 지쳤어. 나를 원치 않는 사람들 사이에 잘못 그은 선처럼 머무르고 싶지 않아. 이제 나는 나를 싫어하는 사람을 만나면 '저 사람은 초능력에 편견이 있나 보다' 하고 생각할 수 있어. 정말로 그런지는 중요하지 않아. 뭐든 내가 이해할 만한 이유가 있으면 돼. 이유조차 없는 고립보다는 지금이 나아.

더는 내가 교실 맨 앞줄의 삐져나온 선이나 바닥에 스며든 얼룩이라고도 상상하지 않아. 정말 선이나 얼룩이 될 수 있느냐고? 그건 아직 몰라. 더 관찰해봐야 아는데, 보호관찰소 선생님이 혹시 모르니까 얼룩이 된 내 모습을 너무 구체적으로 떠올리지는 말래. 나도 얼룩이 되고 싶지는 않으니까, 아마 괜찮을 것 같아.

그리고 있잖아, 이건 비밀인데, 우리 반 애들을 전부 운동장으로 옮겼던 날 말이야. 다른 곳, 그러니까 학교에서 아주 멀고 험한 곳으로 보내버리고 싶은 애들이 있었어. 멀지 않다면 화장실처럼 지저분한 곳도 좋았을 테고. 예전에 내가 갇혔던 동관 2층 끝 화장실 같은 곳 말이야. 생각을 안 한 건 아니야. 보호관찰소 선생님한테는 말하지 않았지만, 사실 마음만 먹으면 그 애들을 보내버릴 수 있겠다는 느낌이 점점 더 강하게 들어. 그렇지만 당분간 이대로 있으려고 해. 교실을 부순 것만으로도, 일단은 충분하니까.

계단

1

지윤이 그 계단을 처음 발견한 날은 수요일이었다. 저녁 7시 20분경, 문화관 앞 5516번 버스 정류장이었다. 거리로는 본부보다 문화관이 가깝지만 '본부 앞'이라는 이름이 붙어 있는 정류장이다. 많은 표제처럼, 그 정류장에도 더 가까운 것보다는 더 중요한 것의 이름이 붙어 있었다. 정류장 뒤로는 긴 의자가 두 개 들어가는 차양이 있고, 그 뒤에 벤치와 잔디밭으로 이어지는 계단이 있었다. 학생들이 그냥 굴러 뛰어 내려가던 자리에 뒤늦게 박아 넣은 것 같은, 낮고 살짝 기울어진 계단이었다.

　수요일에는 4시부터 6시까지 3학점짜리 수업을 하나 들었다. 보통은 5시 50분에 끝나는 수업인데 그날은 6시 10분까지 이어졌다. 한 수강생이 하이데거의 사생활을 기말 발표 주제로 하겠다고 고집을 부리는 바람에 난리가 났다. 배가 고팠다. 자하연 식당은 7시까지 문을 연다. 지윤은 수업이 끝나자마자 식당으로 가서 저녁을 먹었다. 6시에 끝나는 수업을 들으면 학교에서 저녁을 먹는 편이 낫다. 지윤은 손이 느렸다. 밥을 먹는 속도도 느렸다. 발걸음도 느렸다. 대충 말하자면 뭐든지 느린 편이었다. 저녁 식사를 하고 나오니 거의 7시였다. 서울대입구역으로 가는 학교 셔틀버스 줄은 아직 꽤 길었다. 마지막 차가 7시. 기다리면 탈 수는 있겠지만. 그는 본부 잔디의 경계를 빙 둘러 따라 걷다가, 긴 줄을 보며 망설였다가, 5516번 정류장으로 발길을 돌렸다. 버스 정류장에는 이미 저와 같은 선택을 한 것 같은 사람들이 몇 보였다. 셔틀을 타지 않기로 했으니 급하지 않았다. 초겨울 짧은 해가 기울어 어두웠다. 지윤은 버스 정류장으로 가는 계단을 한 칸씩 천천히 꾹꾹 밟아 내려갔다.

아마 그래서였을 것이다. 지윤이 그 계단을 발견할 수 있었던 것은. 그가 느린 사람이었기 때문에.

오래 자주 다닌 길은 발에 익는다. 자기 집에서는 밤에 불을 켜지 않고도 대충 화장실을 찾아갈 수 있고, 대충 손으로 더듬어 물을 찾아 마실 수 있는 것처럼.

지윤은 그 계단을 자주 다녔다. 수년 동안, 아마 수백 번. 그래서 마지막 계단을 밟고 정류장 표지판으로 몸을 돌리다가 단차에 휘청거렸을 때, 당황했다. 마지막이라고 생각했던 단 밑으로 계단이 한 칸 더 있었던 것이다. 백팩이 무게를 잡아준 덕분에 넘어지지는 않았지만, 진짜 마지막 계단과 인도의 보도블록이 이어지는 자리에 삐죽 자라 있던 잡초가 발힘에 짓뭉개졌다. 어디선가 삐걱거리는 소리가 들린 것 같았다.

지윤은 자세를 바로 하고, 괜히 민망해 구두 굽으

로 바닥을 두어 번 탁탁 친 다음 슬그머니 고개를 들었다. 사람들은 남의 일에 관심이 없지만, 남은 나한테 관심이 없어도 내가 민망한 순간이란 있는 법이다. 버스 정류장 차양 밑 의자에 앉아 있던 학생이 고개를 돌려 지윤을 보았다. 눈이 딱 마주쳤다. 큼, 하고 괜히 헛기침을 하고, 마른침을 한번 삼키고 시선을 피했다. 버스 정류장에는 그새 사람이 없었다. 지윤은 정류장 표지판 옆에 애매하게 떨어져 섰다.

버스가 방금 한 대 지나갔다면 아마 꽤 기다려야 할 텐데. 차라리 천천히 걸어갈까.

아무래도 왼쪽에서 시선이 느껴지는 것 같았다.

발 헛디딘 사람 처음 보나. 굳이 마주 보고 뭐라고 하기도 그렇고. 나를 보고 있던 게 아니라면 그건 그것대로 민망한 일이다. 지윤은 잠깐 망설이다가, 오른쪽으로 시선을 피한 채 규장각 쪽으로 걸어 내려갔다. 열심히 걸었지만 자취방까지 50분이나 걸렸다. 가을보다 겨울에 가까운 바람은 서늘했고 길은 한적했다. 원룸

앞에 도착하니 땀으로 몸이 축축했다. 지윤은 집 바로 앞 편의점에서 아이스크림을 하나 샀다. 금요일에 같은 수업에 들어가보니 학생 수가 조금 줄어 있었다. 교수는 출석을 부르지 않았다.

2

두 번째는 몇 주 뒤 목요일, 학생회관에서 남들보다 늦은 점심을 먹고 중앙도서관으로 올라가는 길이었다.

중도에 들러야 하는 걸 생각했으면 아침에 운동화를 신고 나왔을 텐데. 요 며칠, 지난 주말에 새로 산 구두를 길들이겠다고 신고 다니던 중이었다. 후회해도 이미 늦었다. 식사를 하고 바로 계단을 오르려니 구두도 구두지만 숨이 찼다. 학생회관에서 중도까지, 중도에서 14동까지, 14동에서 집까지. 오늘은 고생 좀 하겠네. 긴 계단을 헉헉대며 오르며 지윤은 생각했다. 오늘 따라 계단이 왜 이렇게 길담. 역시 새 구두 때문인가.

발등에 붙인 밴드가 구두에 쓸리는 모습을 내려다보며 꾸역꾸역 계단을 올랐다. 한참을 오른 것 같은데, 멈춰서 숨을 고르고 주위를 둘러보니 이제 겨우 3분의 2 지점이었다. 계단 저 끝에 앉아 있던 사람이 몸을 일으키더니 내려와, 숨을 고르고 있던 지윤에게 다가와 묻는다.

"여기 어떻게 왔어요?"

"네?"

나 말이야? 지윤은 주위를 둘러보았다. 주변에는 아무도 없었다. 눈앞의 사람을 다시 보았다. 또래일 듯한 여학생이 놀란 얼굴로 지윤을 바라보고 있었다.

"대체 어떻게 들어왔어요?"

"……저 여기 학생인데요."

전도하는 사람인가? 아 씨, 이래서 혼자 다니면 귀찮은데. 지윤은 얼른 몸을 뒤로 뺐다. 여학생이 꼭 그만큼 다시 다가왔다.

"아니, 그게 아니라……."

지윤은 얼른 몸을 더 뒤로 빼려다가 크게 휘청거리고 말았다. 아뿔싸, 계단 위였지, 하고 생각한 순간 그가 얼른 지윤의 팔을 잡아당겨 세워주더니, 지윤을 빤히 바라보았다. 6센티미터 펌프스를 신은 지윤보다 키가 조금 더 컸다.

"저기요……."

지윤이 자신 없는 목소리로 말끝을 흐렸다. 일단 고맙다고 해야 하는 건가. 지윤이 망설이는 사이, 그가 먼저 손을 탁 놓았다.

"잘못 들어왔나 보네요. 어디 가던 길이에요?"

"중도요."

지윤은 고분고분 대답했다. 남색 니트 위로 둘러맨 스카프가 예뻤다. 어, 이런 때 이름을 물어보면 미친년 취급 받으려나. 스카프를 어디서 샀는지 물어보면 좀 덜 이상할까?

"아, 신중도?"

"네."

"저쪽으로 올라가면 돼요."

그가 한쪽 손으로 성의 없이 계단 저 위쪽을 가리켰다. 아니, 내가 바로 저쪽으로 올라가던 중이었는데요. 지윤은 말을 삼키고 고개를 주억거렸다.

"네에……"

말 걸 타이밍을 놓친 것 같았다. 지윤은 몸을 돌렸다가, 그래도, 하고 다시 옆을 보았다. 그는 계단을 다 내려갔는지 보이지 않았다. 지윤은 느렸고, 그래서 많은 인연을 놓쳤다. 새삼스러운 일도 아니었다. 지윤은 중도에서 책을 빌리고 강의실에 들어가 구두를 벗고 발등과 발꿈치에 밴드를 한 장씩 더 붙였다. 저녁에 떼어 보니, 밴드를 두 겹으로 붙였는데도 발꿈치는 결국 까져 있었다. 넷째 발가락 밑에는 작은 물집이 잡혀 있었다. 지윤은 물집을 몇 번 눌러보다가 휴대폰을 켜고 가을 스카프를 검색했다. 낮에 본 것과 비슷해 보이는 스카프를 하나 샀다. 스카프는 택배 기사들의 파업으로 나흘 뒤에나 도착했고, 지윤에게는 썩 어울리지 않았다. 사이트에는 반품이 무료라고 쓰여 있었지만, 지윤이 스카프를 산 쇼핑몰은 전화를 받지 않았다.

3

　세 번째는 220동 계단이었다. 동원관과 박물관 사이를 지나 220동으로 올라가던 중이었다. 이 학교에는 계단이 너무 많았다. 그렇게 생각한 순간, 그가 지윤을 불렀다.

　"저기요, 이번에도 잘못 들어온 거예요?"

　넓고 길고 높은 계단이지만, 같은 단이었다. 네 발짝쯤 떨어져 있는데도 희한할 만큼 목소리는 잘 들렸다. 그가 지윤을 보고 서 있었다.

　"그 스카프, 어디서 사신 거예요?"

　아, 말했다!

그가 어이없다는 표정을 짓더니 다가왔다. 역시, 네 발짝이었다.

"이제 생각나네요. 저번에 버스 정류장 앞 계단을 연 것도 그쪽이죠?"

"지윤이요. 김지윤."

지윤은 다급히 말했다.

"아, 그쪽이라고 해서 기분 나빴으면 미안해요. 이름을 몰라서. 어쨌든 저번에 문화관 앞 버스 정류장에서 계단 열었던 사람 맞죠?"

지윤은 어리석어 보이고 싶지 않았다. 지윤은 느리지만 결코 어리석지 않았다. 많은 사람이 이 둘을 혼동했지만, 지윤은 느린 사람일수록 어리석어서는 안 된다는 것을 경험으로 알고 있었다. 세상은 지윤 같은 사람에게 느린 동시에 어리석을 기회를 주지 않았다. 그래서 지윤은 모르면서 일단 맞다고 대꾸해 어리석은 사람이 되는 대신, 천천히 물었다.

"무슨 말인지 모르겠어요."

스카프 산 곳을 물은 것보다는 훨씬 나은 말이었던
것이 분명했다. 그가 고개를 갸웃거리더니, 씩 웃었다.

"그렇구나. 그렇게 오는 경우도 있죠."

4

서울대학교 관악캠퍼스에는 모두 스물일곱 개의 '열
리는 계단'이 있었다.

"그렇게 많아?"

지윤이 묻자 서혜는 깔깔 웃었다.

"학교에 계단이 이렇게 많은데, 스물일곱 개면 오히
려 적다면 적은 거지. 자꾸 새 건물을 짓는 바람에 몇
개 늘어난 거래. 예를 들면 네가 저번에 신중도 갈 때
열었던 계단은 신중도 생기기 전에는 없었다고 하더
라. 신중도 생기면서 열리게 된 거래. 12학번 창훈 선
배가 복학했다가 처음 발견했는데, 전혀 예상 못 하고

있다가 죽을 뻔했다나."

"죽어?"

"정말 죽는다는 건 아니고. 말이 그렇단 거지. 창훈 오빠가 계속 걷느라 힘들어 죽을 뻔했다더라고. 그 계단은 루프였던 거야. 너도 그때 내가 안 당겨줬으면 발에 물집 다 터지도록 걸어야 했을걸. 그리고 처음 열린 계단이 어디로 통하는지는 아무도 모를 테니까, 너무 이상한 데로 가면 못 돌아올 수도 있고."

"그러면 열리는 계단을 맨 처음 밟는 사람은 자기가 어디로 갈지 모르는 거야? 그런데 왜 밟아?"

"글쎄, 모르고 열어버리는 거 아닐까? 너도 모르고 세 번이나 들어왔었잖아. 아니면 호기심이나 모험심 많은 사람이 하나씩 찾아낸 걸 수도 있지. 나는 처음에 누가 어떻게 계단을 발견했는지는 몰라. 그냥 관악 캠 생길 때부터 있었다고만 들었어."

"난 모험심 같은 거 전혀 없는데. 정말이지, 처음에는 진짜 황당했다고."

"계단을 여는 능력이 있는 사람이 따로 있는지도 모르지. 그런 사람들이 나가는 길도 찾아내고 말이야."

"그렇게 말하니까 내가 무슨 초능력자 같다. 계단 찾는 초능력자."

"음…… 생각해보니까, 반대로 나한테 널 끌어당기는 능력이 있어서 네가 계단으로 들어와 날 만난 것일지도 몰라. 우리 세 번이나 만났잖아. 계단 위에서."

지윤은 서혜에게 능력이 있다는 설명 쪽이 더 마음에 들었다. 지윤은 특별한 능력을 가지고 싶었던 적이 없었다.

지윤은 서혜를 따라 열리는 계단을 하나씩 밟았다. 열리는 계단을 밟을 줄 아는 이들이 학내에서 가장 자주 쓰는 곳은 기숙사 삼거리에서 인문대로 내려가는 계단이었다. 다른 세계로 통하는 것이 아니라 그저 공간을 접어 사회대 뒤 계단과 바로 이어주는 길이라 기숙사에 사는 학생들이 지각을 면하기에 그만이었다. 5516번 정류장 앞 계단은 교문까지 가는 한산한 길로

느슨하게 이어진 계단으로, 미술관 옆에서 끝났다. 서
혜는 그 계단을 밟아 열면 나오는 안전하고 한적한 캠
퍼스를 홀로 걷는 것을 좋아한다고 했다.

"뭐야, 그럼 결국 그냥 지름길이나 비밀 통로일 뿐이
야?"

지윤이 물었다.

"일단은 그렇지."

"일단은?"

"잠깐이지만 이 세계를 벗어나는 거긴 하니까 달리
쓸 일이 있기도 하겠지. 그리고 비밀 통로가 얼마나 중
요한데."

서혜가 애매하게 말을 흐렸다.

"왜 중요해?"

"중요하니까 비밀이지. 영화나 소설에서도 중요한 조
직한테는 비밀 공간 같은 게 있잖아. 책장을 밀면 나오
는 밀실이라든가, 의상실에서 지하로 이어지는 최첨단
조직 본부라든가."

"그거 보통 악당이 갖고 있는 거 아냐?"

"아니거든!"

서혜는 드물게 정색을 했지만, 지윤에게 그 이상을 말해주지는 않았다. 그날은 서혜가 약대에서 의대로 이어지는 계단을 지윤에게 열어 보여주기로 한 날이었다. 서혜는 내키지 않는 것 같았지만, 지윤은 꼭 알고 싶다고 고집을 부렸다.

"혜화역까지 가는 지하철에 사람이 얼마나 많은데, 사당역은 환승 지옥이라고. 그 길 알면 대학로 갈 때 만원 지하철 안 타도 되는 거잖아."

서혜는 비밀을 꼭 지키라고 몇 번이나 당부한 다음에 야, 서울대학교병원으로 이어지는 계단을 보여주었다.

"왜 하필 장례식장 계단으로 통하는 거야? 찜찜하게."

지윤이 서혜에게 작게 투덜거렸다.

"봤으니 됐지? 찜찜하면 그냥 지하철 타고 다녀."

서혜가 서둘러 계단을 닫으며 말했다. 잠깐이었지만 향냄새가 남은 것 같았다. 지윤은 괜히 옷깃을 털었다.

5

첫눈이 왔다. 지윤은 서혜와 5516번 정류장 앞 계단을 밟아 열고, 아무도 밟지 않은 조용한 눈길을 학교 정문까지 천천히 함께 걸었다. 미술관을 지나 계단을 닫기 전, 지윤은 몸을 뒤로 돌리고 아무도 없는 길 위로 얇게 쌓인 흰 눈에 남은 두 쌍의 발자국 사진을 찍었다. 계단 밖 캠퍼스는 흙과 먼지가 섞인 더러운 발자국들로 이미 엉망이었다. 미술관 앞 잔디에 신발 몇 짝과 비닐 우의가 나뒹굴고 있었다. 둘은 얼마 전 함께 고른 커플 목도리를 머리와 얼굴에 둘둘 감고 코와 입을 가렸다. 서혜가 걸음이 느린 지윤의 손을 세게 잡아끌며 뛰었다. 눈길은 미끄러웠고 눈이 매웠다.

"다음에는 물빨래 되는 커플템을 사자."

목도리에 페브리즈를 적셨다가 말려도 보고, 향수를 뿌려 털어도 보고, 울 샴푸에 빨아도 보던 지윤이 포기한 날, 서혜가 애써 웃으며 말했다. 지윤은 몇 번 쓰지도 못한 목도리를 결국 쓰레기통에 버렸다. 몇 주 뒤, 서혜는 큼직한 면 손수건을 열 장이나 사 왔다.

"너, 혹시 열 장 할인인 걸로 골라 온 것 아냐? 뭘 이렇게 많이 샀어?"

지윤이 검은색 바탕에 회색 무늬가 들어간 손수건을 목에 둘러 묶으며 물었다. 서혜가 실크 스카프를 서랍에 접어 넣으며 웃었다. 기껏 고집을 부렸으면서, 지윤은 겨우내 한 번도 대학로에 가지 않았다. 둘은 공연이나 영화를 보거나 밖에서 데이트를 하는 대신, 지윤의 방에서 전기장판을 켜고 이불을 뒤집어쓰고 귤을 까먹으며 외국 드라마를 실컷 보았다.

6

봄이 왔다. 지윤은 9학점을 신청했지만 예년과 달리 굳이 하루에 수업을 몰아넣지 않았다. 서혜가 기숙사에 있기 때문이었다. 서혜는 학교 밖으로 나가기를 꺼렸다. 수업도 거의 듣지 않는 것 같았다. 지윤이 졸업까지 몇 학점이 남았냐고 묻자 서혜는 애매하게 웃기만 했다. 지윤은 느렸지만, 애인이 그렇게 애매하게 웃으며 답을 피할 때는 어차피 답을 듣기 어렵다는 것을 이제는 알고 있었다.

지윤은 원래 과외 아르바이트가 아니면 녹두거리 밖으로 거의 나가본 적이 없었다. 서혜까지 학교 기숙사에 살며 계단을 타고 있으니 더더욱 나갈 일이 없었다. 게다가 바깥세상은 지윤에게 너무 빨랐다.

학교는 조용하고 한산하고 추웠다. 지윤은 인터넷을 검색해서, 50×50 사이즈 손수건 두 장을 이어 묶어 예쁘게 코디하는 법을 동영상으로 찾아보고 따라 했다. 손이 느려 동영상을 몇 번이나 다시 돌려 보아야 했다. 그래도 며칠을 계속 연습하자 꽤 그럴싸한 모양이 나왔다. 지윤은 자기 목에 손수건을 묶은 다음, 서혜에게도 묶어주려고 했다.

"내 목에다 연습했더니 남한테는 잘 안 되네."

지윤은 서혜의 목에 손수건을 이리 묶었다 저리 풀었다 하다가 민망함에 웃으며 손을 내렸다.

"너한테 예쁘면 됐지."

서혜는 지윤이 몇 번이나 만져 구겨진 면 손수건을 탁탁 털어 펴더니 제 목에 휙 감았다.

7

그때, 서혜 너한테도 예쁘다고 말했으면 좋았을 텐데.

8

"창훈 선배가 사라졌어."

서혜는 심각한 표정으로 말을 꺼냈다. 36동과 37동

사이 계단 위에서였다. 넓진 않지만 밖으로부터 닫힌 공간이 만들어져, 조용히 이야기하기 좋은 장소였다.

"오빠, 졸업한다고 하지 않았어?"

"졸업하긴 했는데 바로 대학원 간다고 했었어. 거의 확정이었을걸. 갑자기 연락이 안 돼."

"대학원 가기 전에 여행이라도 갔거나, 본가에 간 거 아냐? 굳이 너한테 말하고 어디 갈 정도 사이는 아니었잖아."

서혜가 정색을 하고 지윤을 바라보았다. 지윤은 애써 웃는 얼굴로 그 두 눈을 마주 보다 결국 먼저 슬그머니 시선을 피했다. 그는 멍청하지 않았다. 계단을 열 줄 아는 사람, 계단 사이의 길을 아는 사람 한 명이 갑자기 사라졌다는 말을 이해하지 못할 사람이 아니었다. 특히 이런 시대, 이런 세상에. 서혜는 지윤을 잘 알고 있었다. 여기까지 말한 이상 지윤이 그다음을 이해하지 못할 리 없다는 것을 알고 있었다. 서혜가 이어무슨 말을 할지 알 만큼, 지윤도 서혜를 이해하듯이.

먼저 말하는 편이 나을까.

"찾으러 갈 거지?"

지윤이 작은 소리로 물었다.

"이미 찾기 시작한 지 좀 됐어. 사실 벌써 열흘 정도……. 우리가 알고 있는 계단은 모두 여러 번 다시 열어봤는데 못 찾았어. 계단 사이를 계속 지나고 있다고 해도 이만큼 찾았으면 마주칠 법도 하고. 선배가 이렇게 연락 한번 없을 사람이 아닌데 안 나와서, 결국 너한테도 말하는 거야."

"응. 난 느리니까. 좀 둔하기도 하고."

"그런 뜻 아닌 거 알잖아."

"알아."

알았다. 지윤은 정말로 이해했다. 서혜는 선배 한 사람을 찾으러 가는 게 아니라는 것도, 정확히 말하자면 그것만이 목표는 아니라는 것도 알았다. 서혜가 굳이 거기까지 지윤에게 말하지 않는 이유도 알았다.

서혜는 계단이 없는 세계로 나가기로 결심한 것이다.

향냄새가 나고, 신발이 나뒹굴고, 입과 코를 가리고 뛰어야 하는 세계로. 계단과 계단 사이를 단둘이 평화로이 걷거나 작은 손수건을 몇 번이나 고쳐 묶거나 첫눈에 반한 사람을 붙잡을 여유가 없는 세계로.

"이럴 땐 조심해서 다녀오라고 해야 할까?"

지윤이 한참 만에 겨우 입을 열었다.

"뭐야, 말하고 보니 저번에 같이 봤던 일본 드라마 대사 같다. 여주가 '조심해서 다녀오세요, 기다릴게요' 하고 그다음 장면에서 남주가 '다녀왔어', 하는 거."

지윤이 입을 삐죽이자, 서혜가 장단을 맞췄다.

"그러게, 일본 드라마는 재밌다가 한 번씩 왜 저렇게 올드한지 모르겠다고, 게다가 왜 꼭 저런 대화는 남녀 아님 가족끼리만 하냐고 막 웃었지."

"서혜 네가 웃었지. 난 네가 너무 우스워하니까 따라 웃은 거지, 사실 그런 장면 나올 때마다 속으론 감동했었어."

"그 얘길 지금 하면 어떡해."

서혜의 얼굴이 일그러졌다. 지윤은 서혜의 열 오른 뺨을 살짝 쥐었다.

"예전에 네가, 어쩌면 나한테 계단을 찾는 능력이 있을지도 모른다고 말했던 것 기억해?"

지윤은 서혜의 답을 기다리지 않고 말을 이었다.

"난 네가 날 찾아냈다고 믿고 싶었어. 그편이 로맨틱하잖아. 난 지금까지 살면서 뭘 남들보다 먼저 빨리 찾아내본 적이 없기도 했고. 하지만 네 말처럼 내가 스스로 그 계단들을 찾아낸 걸지도 몰라. 그렇지? 세 번이나, 아무것도 모르면서도."

서혜가 지윤의 손에 매달리듯 고개를 끄덕였다.

지윤이 서혜의 얼굴에서 천천히 손을 뗐다. 손이 젖어 있었다.

"조심해서, 잘 다녀와."

서혜가 계단 밖으로, 36동과 37동 사이 작은 상자 같은 공간 밖으로 사라졌다.

지윤은 천천히 생각했다. 이번 학기에는 시간이 많

왔다. 이제 학교에서 혼자 보낼 시간이 아주 많이 남아 있었다.

그리고 어쩌면, 지윤이 다른 계단을 더 찾아낼 수 있을지도 몰랐다. 학교 밖으로 통하는 계단을, 서혜가 어디에 있든 서혜에게로 열리는 계단을. 사라진 사람들을 안전하게 데려올 수 있는 비밀 통로를.

어쩌면 열리는 계단들을 처음 찾아낸 것은 지윤 같은 사람들이었을지도 몰랐다. 먼저 앞서 나갈 만큼 용감하지는 않은 사람들, 조금 느린 사람들, 저 밖에서 내 곁으로 무사히 데려오고 싶은 이가 있는 사람들.

학교에는 아직, 지윤이 밟아보지 않은 계단이 아주 많았다.

마산 앞바다

고향이 어디냐는 질문을 받으면, 나는 으레 외가가 있던 부산이라 답한다. 그리고 호기심 많은 이가 더 이상 캐묻기 전에 깔끔한 서울말로 "고향이라 해도 고등학교부턴 서울서 다녔으니 별로 기억나는 것도 없어요"라고 재빨리 덧붙인다.

내가 실제로 나고 자란 곳은 마산이다. 그래, 마산이라 하면 다들 궁금해할 그 유명한 마산 앞바다를 코앞에 둔 동네였다. 죽은 이들이 떠도는 곳. 생(生)의 남은 에너지가 수면 위에서 흔들리는 곳.

사람이 죽으면 바다로 간다는 것은 새로운 것 없는 사실이다. 인구 밀집지에 인접한 해저에는 물에 녹은

탄소가 내는, 사이다 거품 같은 망자(亡者)의 잔여물을 부글부글 올려내는 기점이 있기 마련이다. 보통은 물속으로 꽤 깊이 들어가야 거품을 직접 볼 수 있다. 그러나 수심이 얕고 파도가 거의 일지 않는 바닷가에 커다란 덩어리 같은 잔여물이 떠다니는 경우가 간혹 있는데, 이런 밀집된 잔여 에너지가 가까이에 모인 사람들의 에너지와 반응하여 림보를 만들어낸다. 가포에서 돝섬에 이르는 마산 앞바다는 우리나라에 있는 유일한 림보일 뿐 아니라, 그 상태가 안정적이고 선명도가 높기로 세계적으로 유명한 곳이다.

어릴 때는 그저 재미있었다. 어른들은 놀이터에 가만히 있으라 했지만, 우리는 꽃삽이며 플라스틱 양동이를 챙겨 들고 집을 나서 바다 근처로 놀러 가곤 했다. 그리고 철조망 앞에 쭈그리고 앉아 수면에 떠오르는 사람들 얼굴을 세어보았다. 몇 명이나 보이나 서로 내기를 하기도 했다. 기껏해야 예닐곱 살 난 아이들에게 보이는 얼굴이래야 몇이나 되었겠는가. 짓궂은 아이들은 놀이터에서 퍼 온 흙을 바다에 뿌리거나, 돌멩이로 괜히 물수제비를 떴다. 저 먼 어딘가를 보듯 멍하니 서 있다가 아끼던 공깃돌이나 편지, 아파트 단지 근처에서 살짝 꺾어 온 꽃 따위를 던져 넣는 아이들도 있었다. (그 잡동사니들을 이틀에 한 번씩 건져내는 일은 시 환경위생과의 몫이었다.) 하지만 물은 고작해야 물일 뿐이었고, 우리는 곧 한산한 바다에 싫증을 내며 놀이터로 돌아가 흙 주먹밥과 신랑 각시와 미끄럼틀 정글이 있는 세상에서 해가 기울도록 놀았다.

아무리 교과서에 나오는 자연 현상이라 해도 출렁이는 청록색 물 위로 기억 속의 얼굴이 선명하게 떠오르는 모습을 실제로 처음 마주하는 충격은 결코 작지 않다. 마산에서 유년기를 보낸 사람들에게 가장 기억에 남는 사건이 무엇이냐 물으면, 열에 여덟아홉은 알고 지내던 사람의 얼굴을 처음으로 마산 앞바다에서 또렷이 본 것이라 답하리라. 우리 같은 사람들에게 첫 죽음은 첫사랑보다 먼저 다가온다. 그리고 마치 제철

사과를 한 입 베어 문 다음 참외를 먹으면 싱겁게 느껴지듯이, 우리는 첫 죽음을 맞고 나서야 그것이 여생에 그림자처럼 드리우리라는 사실을, 유별난 세제 혜택을 받으며 복지 및 환경 분야 전국 1위인 우수 지자체의 시민으로 사는 대가가 무엇인지를 깨닫게 된다.

내가 제일 처음 본 사람은 같은 아파트에 살던 한 학년 위 여학생이었다. 자전거를 타고 해변을 따라 달리던 여자아이 둘이 넘어졌던가 미끄러졌던가 하여 물에 빠졌다. '지리적 특성' 덕분에 시신을 건져내기 전부터 사망 사고임이 알려졌다. 해마다 철책을 설치해야 한다는 말이 나오던 인적 뜸한 자리였다. 나는 부모님이 안 계신 틈을 타 슬금슬금 바닷가로 나갔고, 웅성대며 모여 선 사람들 사이로 마산 앞바다를 빼꼼 내다보았다. 아이는 그곳에서 가만히 흔들리고 있었다. 605호 아주머니가 몸부림치며 울부짖었다. 낯익은 이웃 어른들이 아주머니를 붙잡았다. 몇은 고개를 돌렸다. 나는 주위를 둘러보며, 그들 한 명 한 명이 그 순간 바라보는 바다가 모두 다름을, 안개 낀 듯 흐릿하던 어제까지의 내 마산 앞바다와, 앞으로 내가 보게 될 마산 앞바다가 결코 같을 수 없음을, 지금 내 주위에 선 모든 사람들을 언젠가 꼭 이와 같이 물속에서 마주하게 될 것임을 절실하게 깨달았다. 고작 열한 살짜리의 깨달음이었지만, 그 11년은 당시 나의 평생이었다.

나는 해변에 기둥처럼 늘어선 다리 사이를 빠져나와 집으로 달렸다. 그리고 오랫동안, 해가 저물고 소란이 잦아들고 부모님이 잠긴 현관문을 열고 들어올 때까지, 이불을 머리끝까지 뒤집어쓴 채 꼼짝 않고 누워 있었다.

그 애는 나를 좋아했다. '사랑하고 헤어진 다음에 되짚어 생각해보았더니……'로 시작하는 어른의 회고가 아니다. 당시에도 또렷이 알고 있었다. 이유가 무엇이든, 그 애도 나를 좋아하고 있다는 것을. 그 애의 마음은 뚜껑을 제대로 닫지 않은 된장 독에서 새어 나오는 냄새 같았다. 막연한 동경과 절실한 애정과 불가해한 욕망이 서툴게 닫은 사춘기라는 뚜껑 사이로 새어 나왔고, 나는 여름 불볕 아래를 앵앵대며 날아다니는 파리처럼 반응했다. 나와 같은 몸이 궁금했다. 살과 살이 맞닿는 느낌을 알고 싶었다. 마음과 마음이 닿는 듯한 기분 좋은 감각에 푹 잠겼다. 햇살은 뜨거웠고 우리는 열다섯 살이었다. 사회의 일반을 이해할 만큼은 자랐으되, 금기에 매료될 수 있을 만큼은 어렸을 때였다.

"아야, 현아야, 뉴스 봤나?"

우산의 물기를 털며 들어서는 내게 어머니가 물었다.

"무슨 뉴스요? 비 엄청 오네요."

"마, 마산에 태풍이 와서 난리도 아니드라. 우리 오피스텔 주차장도 잠겼고, 사람들도 꽤 다쳤다카는 거 같더라. 비가 그리 많이 와서 우짜노."

나는 우산을 베란다에 펼쳐놓고, 어깨가 비에 젖은 카디건을 벗어 건조대에 걸었다.

"거기 주차장 잠길 만큼 비가 왔다고요? 여기가 허리케인 오는 데도 아닌데 웬일이래요."

"그러게 말이다. 뉴스 보고 정화네 전화했는데 안 받는다. 지금 전화가 불통인 데가 많다카네."

주전자를 가스레인지 위에 올리고 텔레비전을 켰다. 주택 지붕 꼭대기와 자동차가 둥둥 떠다니고, 전봇대들이 울타리처럼 삐쭉하게 솟아 있었다. 불투명한 진흙색 물이 차오른 도시는 마산 아닌 다른 어디라 해도 어색하지 않을 만큼 무표정했다. 폭우가 쏟아진 데다 파도가 높게 일어 바닷물이 도심까지 들어왔단다. 화면 상단에 '제24호 태풍 속보' 표시가 빙글빙글 돌았다. 하단에는 파란 바탕에 흰색 자막으로 '사망 2 실종 7' 글씨가 지나갔다. 나는 텔레비전에 등을 돌리고, 베란다 창가에 서서 빗방울이 투신하는 아파트 주차장을 내려다보았다. 그때, 휴대폰이 울렸다.

"현아 언니?"

"응, 무슨 일이야?"

"에, 언니 너무해요. 꼭 일이 있어야 전화하나."

"지원아."

"어휴, 알았어요. 그 왜, 며칠 전에 언니가 보고 싶다고 했던 좀비영화 있잖아요. 좋아하는 배우들 나온다고…… 같이 보러 가자고 전화했어요."

"비가 이렇게 오는데?"

"지금 말고, 다음 주말쯤에요. 비는 목요일 되면 그친다더라고요. 토요일 저녁 괜찮으세요?"

"……"

"저기, 언니, 저랑 둘이 가기 싫어서 그러시면 음, 어차피 월말에 학회 모임 하잖아요. 이달엔 영화 보러 가는 걸로 해서 혜선이나 운호나…… 새내기들도 다 불러서 같이 가도 되고요."

"……"

"어차피 새내기들도 같이 영화도 보고 밥도 먹고 해서 좀 친해질 때 됐으니까, 재국이 같은 애들은 입회한 지가 언젠데 아직도 쑥스러움을 많이 타잖아요. 그러니······."

"커뮤니티에 공지 사항으로 올려서 물어보면 되겠네."

"언니! 언니, 그러니까 제 말은, 저는 언니와 둘이 보고 싶어요. 하지만 언니가 싫으면 학회 모임으로라도 갔으면 해서 그래요. 어, 언니랑 꼭 영화 보고 싶어서요."

"아직 일정이 어떻게 될지 잘 모르겠어. 모레쯤 얘기하자."

"현아 언니, 제 말은······."

"아, 물 끓는다. 차 타려던 참이었거든. 다음에 봐."

나는 지원이 더 말을 이을까 싶어 재빨리 통화 종료 버튼을 눌렀다. 그리고 찬장에서 인스턴트커피를 꺼내다 말고, 다시 휴대폰을 집어 들어 전원 버튼을 꾹 눌렀다. 지원은 같은 과 학회 후배였다. 오가며 몇 번 보았지만 실제로 인사를 나눈 것은 2학년 2학기 말이었다. 옆자리에 앉았기에 "1학년이지? 지현이던가?"라고 묻자, 지원은 서운하다는 듯이 말했다.

"지현이 아니라 지원이에요. 강지원."

나는 어색하게 웃고, 예전부터 그 아이를 알고 있었다는 사실을 말하지 않았다.

빗줄기가 창을 세게 때렸다. 림보의 바닷물은 다른 바다의 물과 마찬가지다. 바닷물이 도심으로 들어왔다 해서 도시에 사는 사람들이 발치에 떠다니는 사람 얼굴을 보는 일은 없다. 림보의 물을 떠 수조에 담은들 그리운 이의 얼굴이 수조에 담기지는 않는다. 그럼에도 림보의 물을 퍼 가는 사람들이 꼭 한둘씩 있었다. 밤에 몰래 마산 앞바다의 흙을 퍼내다 잡힌 사람들도 있었다.

그러나 모두가 알다시피, 림보를 드러나게 하는 것은 바닷물이나 망인들이 아니라 그 곁에 살아 있는 사람들이었다. 마산에 축구 경기장이 세워진 것도, 아시안 게임을 굳이 마산에서 연 것도 그래서였다. 그래도 비가 많이 오거나 파도가 좀 높게 이는 날이면 도시는 뒤숭숭해졌다. 지금쯤 그곳에 사는 사람들은 창문을 단단히 닫고 커튼을 치고, 애써 태연한 척하며 저녁 식사를 준비하고 있겠지.

"우리가 좀비 같다는 생각이 들 때가 있어."

가을비가 부슬부슬 내리는 저녁에 함께 교문을 나선다. 바람에 날린 가벼운 빗방울이 그 애의 얼굴을 적신다. 그 애가 젖은 머리카락을 귀 뒤로 넘긴다. 나는 나도 모르게 손을 뻗어, 그 애의 안경을 벗긴다.

"왜 그래."

"물 묻었네. 닦아줄게."

내가 주머니에 구겨 넣고 다니는 안경닦이를 꺼낸다. 가벼운 한숨 소리. 팔에 와닿는 온기.

"내 눈이 얼마나 나쁜지 알잖아."

내가 천천히, 아주 천천히 안경알에 튄 물방울을 하나하나 꼼꼼히 닦아내며 묻는다.

"좀비라니?"

"살아 있는 시체들 말이야. 비 오는 날이면 더 그런 생각이 들어. 우리는 림보에 사는 사람들을 먹여 살리기 위한 시체가 아닌가 하는……. 이런 말 하면 혼나겠지."

먼지 하나 앉지 않은 안경을 그 애의 손에 도로 쥐어준다.

"좀비는 따뜻하지 않잖아."

내 팔을 잡고 있던 손에서 힘이 빠진다. 높고 어색한 웃음소리. 그리고 뺨에서부터 온몸으로 천천히 퍼져나가는 불안한 온기.

소식을 접한 것은 목요일 오전, 번잡한 지하철 안에서 가방을 끌어안은 채 흘끔거린, 앞에 앉은 사람이 든 지하철 무가지에서였다. 신문 1면은 하나같이 마산 태풍 이야기였다. 비가 많이 오긴 해도 파도가 그리 높게 이는 지역은 아니었기에 대비가 잘 되어 있지 않아 피해가 더 컸다고 야단들이었다. 몇십 년 만의 최다 강우량이었다. 도심까지 들어왔던 바닷물은 꽤 빠져나갔지만, 정확한 피해 규모는 아직 집계가 안 되고 있단다.

그중에서도 신마산 댓거리에서 일어난 사고가 목요

일 오전의 톱뉴스였다. 상가 건물 지하에 물이 찼는데, 출입구가 부서진 가구로 막히는 바람에 사람들이 제때 탈출하지 못해 사상자가 많이 나왔다. 사상자는 대부분 물건을 옮기러 들어갔던 젊은 직원이나 아르바이트생이었다. 시신을 끄집어내고는 있으나 입구가 하도 단단히 막혀 애를 먹고 있단다. 앞에 앉은 사람이 신문을 조금 위로 들어 올렸다. 신문 하단부에 있던 낯익은 동시에 낯선 침침한 지하상가의 사진과, 그 옆에 쓰인 사상자 명단이 눈에 들어왔다.

김은영(24) 김주선(22) 김형진(25)……

김은영(24)? 나는 휙 지나쳐 읽다 말고 몸을 기울여 사상자 명단을 다시 읽었다. 김은영(24).

가방을 잡고 있던 손에서 순간 힘이 풀렸다. 김은영. 흔한 이름이었다. 내가 다녔던 중학교에만도 셋이나 있었다. 성을 붙여도 구분이 되지 않아 작은 은영이니 큰 은영이니 하고 나눴다. 거기에 이은영이나 최은영까지 합하면 마산 시내에만도 비슷비슷한 또래의 은영이 열

명도 넘을 터였다. 스무 명이 넘을지도 몰랐다. 나는 상자 뚜껑을 옭아맨 밧줄에라도 매달리듯이 가방을 꽉 움켜쥐었다. 흐릿한 기억들이 마구 쏟아져 나왔다.

좋아해. 정말이야. 손. 팔. 같은 반이면 좋겠다. 어깨. 입술. 우리 이상해. 왜 그래. 너네 진짜 친하다. 왜 이렇게 집에 늦게 들어오니. 온기. 좀비는 따뜻하지 않아. 네가 제일 처음 본 사람은 누구였어. 언젠가는 우리도 바닷속에서 만나게 될까. 뺨. 턱. 가슴.

애써 잊어. 정확히 떠오르지 않는 감정의 잔여물만이 남아 더 두려운 지난 이야기들. 부대끼며 선 사람들의 체열에 숨이 막혔다.

학교 앞 전철역에서 내리자마자 강의실로 정신없이 뛰어 들어갔다. 아직 텅 빈 강의실에서 선풍기 바람을 쐬며 몇 분 앉아 있다 보니 마음이 좀 가라앉았다. 땀이 식자 선득한 느낌마저 들었다. 나는 전공 책을 꺼내고, 평소엔 하지도 않던 예습을 하겠다며 애써 책에 정신을 모았다. 다른 학생들이 하나둘 들어오고, 선생님이 들어오고, 출석을 부르고, 수업을 했다. 한 시간이 100년처럼 지나갔다. 나는 점심시간에는 녹초가 되어 있었다. 시끄러운 식당 곳곳에서 사고 이야기가 들려왔다.

"젊은 사람들이 많던데 안됐더라."

"비가 그렇게 많이 오는데 알바를 지하층에 들여보내다니 제정신이래?"

"어디 그럴 줄 알았겠어."

"하여튼 죽은 사람들만 불쌍하다니까."

"그 앞에 있다는 림보 본 적 있어?"

"으, 징그럽겠다. 이제 그 부모들은 어떻게 산대."

나는 반도 비우지 못한 식판을 밀어내고 가방을 들었다.

"언니, 현아 언니!"

식당 저편에서 누군가 급히 다가왔다. 걷는 모습만

보아도 누군지 금세 알 수 있었다. 지원이었다.

"안녕."

"아, 안녕하세요. 언니, 그, 저번에 말한 토요일 영화 여쭤보려고요. 새내기들은 운호 빼고 다 간대요. 어제 과방에도 안 오셔서, 마침 선배가 보이길래……."

나는 내 눈높이보다 살짝 위에 있는 지원의 얼굴을 쳐다보았다. 교내 성소수자 인권 동아리의 일원이기도 한 지원은 1학년 때 비공식 교지에 네 컷 만화를 몇 편 실었다.

딸이 반찬을 집다가 엄마 눈치를 보면서 말한다. 엄마, 요새 남자가 남자 좋아하고 여자가 여자 좋아하는 사람들 있다고 하잖아. 어떻게 생각해? 엄마가 밥상머리에서 무슨 밥맛 떨어지는 소리냐는 눈으로 딸을 쳐다본다. 정신병자지. 굵은 볼펜으로 그린 듯한 엄마의 눈, 눈썹. 입가에 닿지 않는 젓가락과 허공에서 만나지 않는 시선들. 직접 겪지 않았다면 결코 알 수 없을, 찰나의 은밀하고 아득한 좌절감.

만화를 그린 사람이 과 후배라는 사실은 금세 알 수 있었다.

"저기 쟤 있지, 동성연애, 아니, 동성애자래."

대형 강의실에서 내 옆구리를 꾹 찌르고 대단한 비밀이라도 말하는 것처럼 소곤거린 동기 덕분이었다.

"커밍아웃하다니, 대단하지 않아? 고등학생 때부터 무슨 활동도 했다더라. 뭐, 내가 편견을 갖고 하는 말은 아니지만, 우리 반 아니라서 다행인 것 같아. 괜히 다른 사람들이 거북해지잖아."

앞에서 두 번째 줄, 긴 머리를 고등학생처럼 하나로 묶은 뒤통수가 눈에 들어왔다. 그래, 나는 인사를 나누기 전부터 지원을 알고 있었다. 지원이라는 이름도, 안경을 쓰면서도 난시 때문에 늘 앞에서 두세 번째 자리에 앉는다는 것도, 답답하면 무심코 어깨를 들썩인다는 것도, 기분이 좋을 때면 목소리가 높아진다는 것도, 다른 사람들이 '오해를 받을까 봐' 지원을 조금 피한다는 것도. 나는 지원을 볼 때마다 마산 앞바다와 아릿한 열기, 그리고 내가 그때도 지금도 갖지 못한 용기를 떠올렸다.

"응, 어제오늘 계속 바빠서. 영화 보러 가기도 힘들 것 같아."

나는 건성으로 답하며 손바닥에 배어 나온 식은땀을 닦았다. 머릿속으로 너울이 치고 해일이 일었다.

"언니, 혹시 제가 저번에 했던 말 때문에 그러시면⋯⋯."

지원은 한 달쯤 전에 내게 좋아한다고 했다. 바보스럽게도, 나는 그답지 않게 머뭇거리는 지원 앞에서 어떻게 알았어, 하고 말했다. 무슨 소리냐고 따지지도, 어이없다는 듯이 흘려 넘기지도 못했다. 마치 양치질을 한 다음에 몰래 물고 있던 사탕을 들킨 어린아이처럼 멍하니 되물었다. 어떻게 알았어. 지원은 안도한 듯 웃었지만, 내가 들킨 마음까지 알지는 못했던 듯했다.

"그건 생각해보겠다고 했잖아!"

나는 언성을 높였다가, 내 목소리에 스스로 놀라 재

빨리 입을 꽉 다물었다.

"언니, 어디 편찮으세요?"

지원이 놀란 듯 주춤 뒤로 물러섰다. 현기증이 일며 눈앞에 물꽃이 피듯 얼룩이 졌다.

나는 유년기를 마산 앞바다에 버리고 상경했다. 부산 외가에 갈 때도 버스로 4, 50분 거리인 마산에는 갈 생각을 않았다. 친구들과의 연락도 모두 끊었다. 그나마 연락하는 두엇은 서울로 올라온 뒤 대학서 다시 만난 친구들이었다. 지금 돌아가면 아는 사람이 거의 없으리라. 아무리 생각해보아도 확인할 길은 하나뿐이었다. 졸업 앨범을 뒤져 사람들에게 연락할 수는 없었다. 누구에게도 물어볼 수 없었다.

"아니, 아니야. 소리 질러서 미안해. 나 먼저 갈게. 아마 내일 학교에 안 올 것 같으니까 학회 애들에겐 네가 연락해줘."

금요일 정오쯤, 나는 마산역에 내렸다. 하늘이 파랗

게 개었고 햇살이 뜨거웠다. 시내는 아직 흙투성이였
고 트럭이 곳곳을 오갔으나, 림보는 입장 가능하게 정
리되어 있었다. 어렸을 적엔 곳곳에 개구멍이 있는 허
술한 철망으로 둘러싸여 있던 림보는 이제 내 키를 넘
는 높다란 시멘트 벽으로 가로막혀 보이지 않았다. 활
짝 웃는 어린아이, 자라와 구름, 사물놀이 장면 등이
두서없이 그려진 벽화가 해안선을 둘러치고 있었다.
그려진 지 오래된 것 같지는 않으나 군데군데 페인트
가 떨어진 것이, 이번 태풍을 맞아 상한 듯했다.

벽화 앞에 세워진 빨간 표지판을 따라 예전에 살던
아파트 뒷길을 지났다. '매표소'라고 쓰인 파란색 부스
가 나왔다. 입장료 등이 적힌 안내판도 붙어 있었다.

입장료	청소년(만 24세 미만)	2,000원
	성인	3,000원
	군인 및 단체(20인 이상) 할인	2,500원
입장 시간	오전 7:00~오후 5:30	

※ 어린이 입장 금지, 음식물 반입 금지   ※ 휴대폰은 진동으로

"어른 하나요."

창구에 머리와 5,000원짜리 지폐 한 장을 함께 들이 밀었다.

"네, 여기 2,000원요. 처음 오셨나요?"

"……네."

"그러면 예 안내문 있으니 읽어보세요."

나는 표와 함께 받은 팸플릿을 건성으로 집어 들었다.

"고맙습니다."

"아, 잠깐만요. 게 서보이소. 혹시 가포여중 나오지 않았어요?"

"그런데요?"

"아야, 니 요 앞에 아파트 살던 현아 맞재? 하이고, 이게 얼마 만이고. 나 모르겠나. 수희 아이가, 수희. 2년이나 같은 반 했는데 기억 안 나나."

나는 반가워 어쩔 줄 몰라 하는 매표소 직원의 얼굴과, 그 가슴께에 달린 '김수희'라는 이름표를 뚫어져라 쳐다보았다. 수희. 희미하게 기억이 났다. 수다스러운 아이였지.

"아, 알지. 오랜만이다. 반가워."

"그러게 말이다. 니도 참, 전학 갈 때 암말도 안 하고 가서 얼마나 서운했는지 아나. 여긴 웬일이고. 태풍 때문에 요 며칠은 저 안에 들어간 사람도 없다카이."

"평소엔 많이 와?"

"뭐, 수학여행 이런 거 오면 시끄럽재. 오늘은 입장객이 거의 없어서 그냥 마 심심─하게 앉아 있다. 니는 예까지 웬일이고?"

"그냥…… 저기 우리 오피스텔 주차장에 물 찼다고 해서 확인차 왔어. 사고 많이 났다니까 걱정도 되더라."

나는 입 밖으로 나오는 대로 거짓말을 내뱉었다. 거짓말에는 묘하게 익숙했다. 수희는 내가 정말 반가운지 아예 매표소 옆문을 열고 몸을 내밀었다.

"그래그래, 말도 아이게 난리였다. 니는 진짜 서울 아가씨 다 됐네. 와, 저기 댓거리에 사고 난 거 니도 안 봤나. 내 친구의 남자친구도, 아, 니 월영고 간 경재라고 아나? 같은 초등학교 나왔을걸. 모르나? 어쨌든 갸가, 원래 거기서 일하는데 그날은 비 많이 와서 무섭다고 땡땡이쳐서 살았다 아이가. 천만다행이지."

가슴이 쿵쿵 뛰기 시작했다. 그래, 수희는 나와 같은 반이었다. 그리고 그 아이와 같은 고등학교에 갔었다.

"응, 나도 신문에서 봤어. 저기, 다친 사람들 이름도 나오던데, 너 혹시 은영이 기억해? 우리랑 2학년 때 같은 반이었던……"

"어느 은영이?"

"김은영이라고, 나하고 친했던……"

"아? 니랑 꼭 붙어 다니던 애? 야, 갸는 김은영이가 아니라 김은경이 아이가. 니 진짜 너무하네. 그렇게 친하게 지내더니 이름도 다 까묵고. 내가 말한 경재랑 사귀는 친구가 그 은경이다, 은경이. 니, 그러고 보니 갸랑 짝지 한다고 나한테 자리 바꿔달라카고 그랬지. 안 그래도 너 전학 갈 때 아무 말 안 하고 갔다고 은경이가 말은 안 해도 무지 서운해했다. 니 편지도 안 썼다 아이가.

　은경이 갸는 여기 여기, 여 앞에 경남대 해양학과 가서, 저기 돝섬에서 실습한다. 내가 여기서 알바하니까 요새도 일주일에 한두 번은 꼭 본다. 너 왔다고 하면 좋아할 낀데. 참, 그럼 은경이 아버지 돌아가신 것도 모르나? 와, 시청에서 일하셨잖나. 우리 고2 때 돝섬에 점검 나갔다가 돌아가셔가꼬 그때 말도 아니었다. 은경이 어머니는 이사 간다고 난리고⋯⋯. 그래도 은경이가 예서 대학 다니고 싶다 캐갖고 멀리 안 가고 창원 갔다카이. 오늘은 태풍 때문에 배 못 띄웠지만 내일이나 모레 되면 또 나올걸. 예까지 왔으니 한번 보고 가지. 좋다 할걸."

　머리가 핑핑 돌았다. 은경. 은영. 은경. 은영. 나는 얼마나 많은 기억을 얼마나 필사적으로 봉하고 있었던 걸까. 망각에 얼마나 도취되어 있었던 걸까. 수희가 당장이라도 전화를 할 듯 휴대폰을 꺼내자, 물벼락을 맞은 듯 정신이 번쩍 들었다.

"아니, 아니, 괜찮아. 어차피 오늘 오후에 도로 올라 갈 것 같거든. 오랜만에 보니까 진짜 반갑다. 좀 있다가 얘기하자."

나는 몸속에서 기름을 쥐어짜듯 인사를 쥐어짜내 고 허겁지겁 안으로 들어갔다. 안벽에 기대서서 눈을 감고 호흡을 골랐다. 눈을 뜨면 그 앞에는 철조망과 바 다가 있으리라. 갑자기 웃음이 났다. 나는 헐떡이며, 눈 을 감은 채 울듯이 웃기 시작했다. 배를 잡고 주저앉 아 피를 토하듯 웃음을 토해냈다. 목이 아파 더 이상 웃을 수 없게 되자, 눈물을 닦고 일어나 철조망 사이 로 어른거리는 바다를 한참 동안 바라보았다.

진흙탕 위로 둥둥 떠오른 흐릿하고 또렷한 얼굴들 을, 이제 비를 맞아도 젖지 않는 차가운 얼굴들을 세 어보았다. 언젠가 어디선가 만났던 누구인지 모를 그 많은 사람, 사람들, 사람들. 그들을 감싸고 있는 물비 늘 같은 기억들. 그리고 마치 마산 앞바다 속에 있는 듯 눈앞에 선명히 그려지는 아직 따뜻한 얼굴들. 잘못

난 사랑니를 뺄 때의 개운함과는 다른, 딱지가 떨어지고 남은 희미한 흉터에서 느껴지는 서늘한 안도감이 나를 채웠다.

나는 휴대폰의 전원을 켜고 오래전부터 외우고 있던 번호를 꾹꾹 눌렀다.

"언니!"

"지원아, 너 나 좋아한다고 했지?"

나는 시선을 바다에 못 박은 채 묻고, 지원이 입을 열기 전에 재빨리 덧붙였다.

"그래, 한번 사귀어보자."

"언니."

한참 후, 주저하듯 덧붙이는 말.

"괜찮아요? 나랑 사귀면 걸어 다니는 커밍아웃인데. 그런 거 엄청 신경 썼잖아요."

나는 지원의 말에 답하는 대신, 오래전부터 묻고 싶었던 질문을 던졌다.

"지원아, 너 림보를 본 적이 있니?"

"……림보요? 아뇨. 고등학교 수학여행 때 가긴 했는데, 거기 무슨 전시관만 단체 관람하고 바다는 보고 싶은 사람만 봤거든요. 저는 차에서 자느라 안 갔었어요."

"그렇구나. 저기, 우리 잘 안 될지도 모르잖아."

"언니!"

"아니, 만약에 말이야. 앞으로 어떻게 될지는 아무도 모르잖아. 만약에 우리가 서로를 미워하게 되어도, 정말 상처받아도, 어느 한쪽이 죽으면 남은 사람은 평생 림보에서 그 사람을 보아야 하잖아? 선명하게. 나쁜 기억이라도, 평생 그때 그 모습을 보게 되겠지. 그렇게 생각하면…… 무섭지 않니?"

지원이 잠시 생각하듯 숨을 들이쉬더니, 나지막이 웃었다.

"그런 걱정을 한다면 이미 늦은 것 아닐까요? 무서워해도 소용없잖아요."

아아, 그렇구나.

피식 웃자 삭은 밧줄이 끊어지는 듯한 소리가 났다.

"괜찮아요?"

지원이 다시 물었다. 나는 바다를 똑바로 바라보며, 쉰 목을 가다듬고 한 음절 한 음절 또박또박 말했다.

"응, 이제 괜찮아. 오래 끌어서 미안해."

그리고 무릎을 몇 번 굽혔다 펴고 거울을 꺼내 들여다본 다음, 나는 시멘트 벽 밖으로, 밖으로 발을 옮겼다.

디저트

0

"이번엔 뭐야?"

나는 컵을 내려놓으며 지나가는 말처럼 물었다.

"뭐냐니?"

K는 시침을 뚝 떼며 컵을 들었다. 나는 아무 말 없이 그녀의 왼손 네 번째 손가락을 가리켰다. 언뜻 보기에도 새것 티가 완연한 백금 반지에 일그러진 내 눈이 비쳤다.

"아, 아이스크림이야."

"그래? 지난번 양갱은 어쩌고. 꽤 오래가는 것 같더니."

"계속 있으니까 너무 달더라."

"흠, 벌써 일곱 번째잖아. 달기는 다들 마찬가지 아냐?"

나는 비꼬지 않으려 애쓰며 창밖으로 시선을 돌렸다. 카페 3층, 유리 너머로 보이는 거리는 온갖 소음이 뒤섞여 울리는 실내보다 고요했다. K가 무심히 대답했다.

"그럴지도."

1

그녀는 디저트와 사귄다.

처음 남자친구를 사귀었을 때 농반진반으로 건넨, 날 버리고 누구를 만나시느냐는 말에 그녀는 진지하기 그지없는 얼굴로 대답했다. 치즈케이크라고. 실제로 소개받은 남자친구는 멀끔하고 무던한 인상인, K의 과 동기였다.

"치즈케이크세요?"

"네?"

"아, K한테 어떤 사람이냐고 물었더니 대뜸 치즈케이크라고 했거든요. 별명인 줄 알았죠."

"케이크는 좋아하지도 않는데?"

그는 난생처음 듣는 말이라며 고개를 갸웃거렸다. 나는 당황하여 칭찬도 대답도 아닌 말로 얼버무렸다.

"K는 치즈케이크를 좋아해요."

며칠 후 만난 K는 버스가 늦네—라고 하듯, 들릴 듯 말 듯 중얼거렸다.

"난, 치즈케이크 싫어."

2

수많은 음식 중에 왜 하필이면 디저트에 비유하는지 물었다. 디저트를 챙겨 먹는 편도 아니잖아. **치즈케**

이크, 파르페, 와인. 한두 번도 아니고, 유치하다고 생각하지 않아? 레몬서벗과 헤어졌다며 멍하니 앉아 있던 K는 내 질문에 울 듯한 표정으로 말했다. 비유가 아니야. 정말 케이크이고, 파르페이고, 디저트와인이었어. 서벗은 괜찮을 줄 알았는데. 녹고 나니까 질척한 설탕물일 뿐이더라.

고등학교 2년 더하기 대학교 2년. 만으로 꼬박 네 해를 알아온 K의 기이함을 눈치챈 것은 그때였다. 농으로 보아 넘기던 사소한 일들이 한꺼번에 기억의 지표를 뚫고 솟아올랐다. 갑자기 비가 쏟아지자 한꺼번에 기억의 지표를 뚫고 솟아올랐다. 갑자기 비가 쏟아지자 교실 창문을 열고 빗물을 받아 핥고는 "오늘은 오렌지주스네"라고 중얼거리던 모습. 어설픈 로맨틱코미디물을 보고 나오는 길에 "주인공들이 영화 내내 세 끼도 안 먹었어"라던 말. 그 전 여름에는 한철이 다 가도록 두 번째 애인의 팔을 놓지 않으며, 파르페는 시원해서 좋다고 몇 번이나 되풀이했었다.

병원에는 가보았느냐고 묻고 싶었다. 도대체 무엇을 보고 있느냐고 어깨를 쥐어흔들고 싶었다. 심리학 개론 수업에서 주워들은 지식으로, 너는 낭만적인 연애에 대한 갈망을 비정상적으로 표출하는 거라고 조목조목 따지고 싶었다. 그러나 나는 가장 궁금했던 것도 묻지 못했다.

3

치즈케이크, 파르페, 와인, 레몬셔벗, 푸딩. "개 애인 귀엽더라"가 "또 깨졌대?"로 바뀌더니, 언젠가부터 아무도 묻지 않게 되었다. 열여섯 해 동안 달고 다닌 학생이라는 꼬리표를 떼내고, 나는 K와 같은 수업을 듣고 라면 하나를 나누어 먹으며 리포트를 쓰던 시절을, 한밤의 찬 공기를 함께 맞으며 교복을 여미던 아득한 옛날과 함께 묻었다. 졸업식에 찾아온 푸딩의 네 번째 손가락에는 가느다란 커플링이 빛나고 있었다. 나는 애써 불안과 흥분이 뒤섞인 학부 졸업생 흉내를 내며 인사와 덕담을 나눈 후 K와 푸딩의 기념사진을 찍어 주었다. 인화되어 나온 사진에는 K의 어깨에 자랑하 듯 걸쳐 있던 푸딩의 왼손이 잘려 나가고 없었다. 그래 도 기념사진인데 미안하다는 내 말에 K는 왼손을 흔 들며 말했다. 괜찮아. 어차피 사진은 가짜인걸. 반지가 있던 자리는 그새 비어 있었다.

4

치즈케이크, 파르페, 와인, 레몬셔벗, 푸딩, 양갱, 아 이스크림. 나는 기껏 떼어냈던 꼬리표를 다시 챙겨 들 고 대학원에 들어갔다. K는 어딘가 취직을 했단다. 일 주일에 한 번이 한 달에 한 번, 세 달에 한 번으로 바 뀌었다. 오랜만에 만난 K는 대뜸 아이스크림이 선물한 백금 반지를 진지하게 들어 올렸다. 새것일 때의 날카로운 빛이 바랜 반지가 스물일곱 살 직장 여성에게 잘 어울렸다.

"결혼할지도 몰라."

무심코 손에 들고 있던 포크로, 둘 다 손대지 않고 있던 탁자 위의 치즈케이크를 푹 찔렀다.

"그래?"

"응. 그이는 서른두 살이니까, 집에서도 은근히 물어보는 눈치인가 봐. 나도 뭐……."

포크를 든 손이 부르르 떨렸다. 시야가 함께 진동했다. 네모난 의자의 모서리가 접혔다. 탁자가 정사각형 상자 모양으로 움츠러들고 스피커가 건포도처럼 쪼그라들며 벽에 달라붙었다. K의 뒤에 배경처럼 자리 잡고 있던 아가씨 둘은 사과파이와 비스킷이 되었다. 커다란 어항에는 과일화채가 둥둥 떠다녔다. 나는 처음으로 두 눈을 뜨고 세상을 보았다. 툭, 유리창에 부딪히는 빗방울. 창문을 열지 않아도 콜라라는 것을 알 수 있었다. 치즈케이크가 조심스레 얹혀 있는 커다란 케이크 상자, 벽을 가득 덮은 건포도쿠키, 조금 전까지 내가 앉아 있던 체리타르트.

나는 앞에 선 초콜릿의 손을 잡았다. 반지를 조심스레 들어내고 물었다.

"난 뭐야?"

K가 달콤한 코코아 향을 사방에 뿜어내며 미소 지었다.

"롤크레이프."

아득한 어둠 저편의

아름다움

옆집의 영희 씨

"이런 도심 오피스텔을 이렇게 싸게 구할 기회는 다시 없다우. 지하철에 버스에 교통 편하지 전망 좋지, 아래 상가도 얼마나 편해. 옆집에 그런 게 있어서 그렇지……. 그래도 그 덕에 치안이 좋으니까, 아가씨 혼자 살기에 이만한 데가 없어."

수정은 집주인의 말을 귓등으로 흘려들으며 빈 오피스텔 안을 살폈다. 14층, 남서향으로 난 큰 창을 통해 기분 좋은 오후 햇살이 들어오고 있었다. 집주인의 말은 과장이 아니었다. 조그만 북디자인 회사에 2년 남짓 다니며 간신히 모은 돈으로 보증금은 어떻게 해결할 수 있겠지만, 예술고등학교의 미술 전담 교사라는 불안정한 일자리 하나만 갖고 이런 오피스텔의 월세를 댈 수는 없었다. 옆집에 '그런 게' 있어서 월세가 터무니없이 싸지 않았더라면, 앞으로도 이만한 작업실은 다시 구하지 못할 터였다.

중개인이 집주인을 거들어 칭찬을 늘어놓으며 수정의 눈치를 살폈다. '그들'이 사는 동네가 깨끗하고 안전한 줄은 모두 알고 있지만, 그래도 막상 그들 옆집이나 아랫집에 살려는 사람은 없는 모양이었다. 한번 보겠다는 말만 했는데 집주인까지 반색하며 직접 나서서 집을 보여주는 게, 어찌 됐건 방 하나 놀리지만 않아도 좋겠다는 심정을 그대로 드러내는 것 같았다. 수정은 속으로 웃으며, 자못 진지한 표정으로 말했다.

"집은 정말 마음에 드는데 아무래도…… 옆집이 좀 신경 쓰이네요. 한 5만 원만 더 깎아주시면……"

***

"옆집에 그게 산다고? 무섭지 않아?"

"무섭긴. 본 적도 없는걸. 평소엔 조용해서 옆집에 누가 있는지도 모르겠어."

"너도 참, 간도 크다. 그…… 떡대 아저씨들 왔다 갔다 안 해? '그들'은 혼자 안 다니잖아."

"아, 그 사람들은 몇 번 봤어. 엄청 심각한 얼굴로 오피스텔 입구 지키고 있는데, 그냥 지나가면 그뿐이야. 오히려 든든하지. 지금까지 좀도둑 한 번 안 들었대."

"나는 벽 하나 두고 그런 게 있다는 것만으로도 무섭고 징그러워서 잠이 안 올 것 같은데. 꼭 두꺼비같이 생겼잖아."

"식인종도 아니라는데 뭐가 그렇게 무서워? 난 지긋지긋한 반지하방 탈출했으니 더 바랄 게 없어. 그럼에 곰팡이 필 걱정 안 해도 되는 게 어디야. 한번 놀러 와보면 너도 생각이 바뀔걸. 날씨 좋은 날은 종로까지

한눈에 들어와. 별도 잘 들어."

"어휴, 초대하지 마라. 못 간다."

수정은 전화를 내려놓고 밑작업 중이던 캔버스로 눈을 돌렸다. 반지하방에서 끙끙대며 작업하던 수정의 사정을 아는 친구들은 좋은 작업실을 싸게 구했다는 얘기에 일단 축하는 했지만, 직접 찾아오려고 하지는 않았다. 예고 시절부터 가장 친한 친구인 은희마저도 "네가 속 편한 거지"라며 혀를 끌끌 찼다.

"안전하다고는 하지만 정부 얘길 어떻게 다 믿어? 이상한 바이러스 같은 거라도 옮으면 어떡하려고? 어쨌든 그냥 생긴 것만 봐도 거북하잖아."

'그들'이 지구에 내려와 사람들 사이에 섞여 산 지 수년, '우리의 친절을 보여줍시다'라는 공익 광고가 전파를 타기 시작한 지도 꽤 되었지만——수정이 사는 오피스텔 입구에도 저 플래카드가 걸려 있다——실제로는 그들에게 친절을 보일 기회는커녕 그들을 자세히 볼 기회도 없었다. 수정도 길에서 한두 번 그들을 보긴 했지만, 그들은 언제나 검은 옷을 입은 덩치 큰 사람들에게 둘러싸여 있었다. 짐을 들어주거나 길을 가르쳐줄 사람이 필요해 보이지는 않았다. 옆집에 산다고 해서 새삼스레 신경 쓰일 일도 아니었다.

두꺼비에게 길을 가르쳐주는 상상을 하니 픽 웃음이 났다. 수정은 웃음을 씹어 삼키며, 어차피 집중이 흐트러진 김에— 하고 부서진 캔버스 틀을 짊어지고 집을 나섰다. 이삿짐을 나르다 부러진 틀을, 혹시라도 뭔가 만들어질까 싶어 지난주 내내 만지작거렸지만 별 성과가 없었다. 겨드랑이 밑에 끼기에는 너무 길고 무거웠다. 막대들을 등에 대충 짊어지고 뒷걸음질로 현관을 나와, 문을 닫으려 오른손을 앞으로 뻗었다.

우당탕쿵탕!

왼손 하나로 지탱하지 못한 틀이 굉장한 소리를 내며 등 뒤에서 무너졌다. 기껏해야 나무 틀인데, 손을 놓친 수정이 더 놀랄 만큼 시끄러웠다. 당황해서 돌아보는 사이에 문이 쾅 닫혔다.

"으, 그냥 이삿짐센터 사람들한테 버려달라고 할걸."

수정이 투덜투덜하며 쪼그려 앉아 조각난 틀을 그러모으는데, 달칵, 문 여는 소리가 들렸다.

엉거주춤 고개를 들어보니 '그'가 있었다. 목둘레가 기묘하게 늘어난 긴팔 셔츠와 중년 아저씨처럼 툭 튀어나온 몸통에 걸린 바지…… 그가 몸을 천천히 구부려 자기 집 문 앞을 막고 있는 나무토막을 집어 들었다. 그가 한 걸음 다가오는 바람에 수정은 엉덩방아를 찧으며 주저앉았다. 이렇게 가까이에서 '그들'을 본 것은 처음이었다. 그가 수정에게 나무토막을 내밀었다. 멀리서는 꼭 양서류의 그것처럼 끈적끈적해 보였으나 가까이서 보니 울퉁불퉁한 갈색 피부에 조개껍데기 같은 무지갯빛 윤기가 돌았다. 나무토막을 받으며 손끝이 스쳤다. 축축하고 차가울 줄 알았는데, 따뜻했다. 뜨겁다 싶을 정도였다. 만져보니 고무풍선처럼 보드라우면서 약간 달라붙는 느낌이 났다.

"네?"

머리 위에서 앵무새가 꽥꽥거리는 듯한 소리가 들렸다. 수정은 무심코 만지작거리던 그의 손(으로 추정되는 부분)을 놓고 펄쩍 뛰었다.

"아, 죄송합니다. 이게 너무 커서…… 한 개씩 버리면 됐을 텐데 한꺼번에 치우려다가 그만. 큰 소리 나서 놀라셨죠? 아, 전 옆집 사는 사람인데 어, 얼마 전에 이사 왔거든요. 이사떡 같은 건 없지만 차라도 드시러 오세요."

"네."

수정이 반쯤 일어선 채로 그를 멍하니 올려다보았다. 어디를 보고 있는지 알 수가 없었다.

"에…… 어…… 그러니까, 차요?"

"네, 차를 마시러 가겠습니다."

그는 들고 있던 나무토막을 수정이 대충 모아놓은 무더기에 얹고 일어서더니, 수정의 집 쪽으로 움직였다. 수정은 당황한 채 문을 열었다. 엉겁결에 입에서 나오는 대로 주워댔는데 정말 집으로 오다니, 이들은 인사치례를 모르는 걸까? 아니, 지금까지 인사치례로나마 차 마시러 오라고 하는 지구인이 없었겠지? 참, 혹시 제복 입은 남자들이 따라오면 어쩌지?

마지막 생각에 정신이 반쯤 난 수정이 문을 열다 말고 그를 돌아보았다.

"그런데 혼자 오셔도 돼요?"

그의 몸이 살짝 움직였다.

"네."

그가 실내로 스르륵 들어섰다. 발에 실내용 슬리퍼 같은 것을 신고 있었지만, 신 끌리는 소리는 나지 않았다. 어쩌면 생김새만 슬리퍼이고 성분은 전혀 다른 물건일지도 몰랐다. 수정은 첩보영화의 조연처럼 괜히 집 밖을 슬그머니 살펴본 다음, 문을 닫고 그를 뒤따라 들어갔다. 구조가 같아서인지, 그는 주저 없이 거실을 찾아 들어갔다.

오후 4시, 기울기 시작한 겨울 햇살이 거실 창문 오른쪽 벽을 덮은 캔버스를 비추었다. 수정의 자랑인

100호짜리 연꽃 그림이었다. 둘 공간이 없는 동안 선배에게 부탁해서 창고에 넣어두었다가 이번에 이사하면서 도로 받아 온 작품이었다. 접는 침대 위에 쪼그려 앉아 스케치를 해야 했기 때문에, 어깨가 심하게 결려 작업을 마치고도 한참 동안 고생했었다. 밑바탕 위에 자주색에 가까운 분홍색을 덧갈고 꽃잎의 주름 하나하나를 세필로 그려 넣었다. 이 집을 처음 보았을 때부터 저 자리에 걸고 싶다고 생각했었다.

그가 거실 한복판에 서서 그림을 응시했다. 그 모습을 보며, 수정은 처음에 그를 보고 무척 당황했던 이유를 분명히 알아차렸다. 생김새가 특이해서가 아니었다. 괴상하게 생기긴 했지만 그들의 생김 자체는 사진이나 텔레비전으로 익히 보아왔었다. 진짜 이유는 시선의 방향을 짐작할 수 없어서였다. 그러나 지금, 그는 확실히 그림을 보고 있었다. 어디까지가 얼굴이고 그 중에서도 어디가 눈인지는 아리송했지만, 시선이 그림을 향하고 있다는 것만은 분명했다. 수정은 그의 덩치를 피해 거실 구석으로 돌아가, 싱크대에 놓인 커피포트에 물을 올렸다.

"에…… 현미녹차 괜찮아요?"

물이 다 끓고도 한참 동안 답이 없어 조금 겁이 날 즈음, 그가 불쑥 대답했다.

"네."

수정은 이사 와서 한 번도 쓰지 않았던 손님용 찻잔 두 개를 꺼내 현미녹차 티백을 넣고 물을 따랐다. 그는 여전히 서 있었다. 수정이 작은 책상에 찻잔을 올려놓고 말했다.

"여기요. 앉으실래요? 의자 갖다드릴까요?"

말을 하고 보니, 그가 앉기에는 너무 작을 듯한 싸구려 플라스틱 의자는 두 개 다 밑작업 중인 캔버스 아래에 들어가 있었다.

"이대로가 편합니다."

그가 꽥꽥거리고 찻잔으로 손을 뻗었다. 아뿔싸, 손보다 잔이 훨씬 작았다. 국그릇에 내와야 했나 하고 또 당황하는 사이, 그가 손끝의 갈퀴 비슷한 것으로 찻잔 손잡이를 솜씨 좋게 걸어 들어 올렸다.

"아."

그가 그림을 향한 채 물었다.

"저게 뭡니까?"

캔버스? 재료? 그림? 수정은 가장 상식적인 답을 골랐다.

"어, 연꽃 그림이요."

"연꽃은 무엇입니까?"

"음, 꽃이에요. 식물이죠. 물 위에 피기도 하는, 원래 저런 색은 아니고요, 저건 물감이에요."

그는 또 한참 동안 말이 없었다. 수정은 책상 의자에 앉아 찻잔을 들었다. 미처 몰랐는데, 컵을 들고 보니 손이 조금 떨리고 있었다. 적색 그림과 하얀색 찻잔과 청록색이 도는 갈색 덩치를 주황색 볕이 감싸 돌았다. 그리고 싶다고 생각한 순간, 그가 몸을 돌렸다.

"고향의 위성에, 저렇게 생긴, 화산이 있습니다."

"화산요?"

"이곳으로 치면, 화산, 다르지만, 비슷합니다."

수정은 초등학교 과학 시간에 만들었던 화산 모형을 떠올렸다. 톱밥 모래로 쌓아 올린 산에서 주황색과 빨간색 불꽃이 타다닥 튀었다. 수정이 연꽃잎을 칠하면서 연상했던 푹신한 우단과는 전혀 다른 것 같았다.

"어, 네."

딱히 답할 말을 찾지 못한 수정이 중얼거렸다. 그는 수정의 말에는 신경을 쓰지 않는 듯, 다시 몸을 돌리더니 컵을 든 채 그림을 바라보았다. 수정이 현미녹차를 다 마시고 다시 그를 돌아 지나가 컵을 씻은 다음에도 그는 가만히 있었다. 수정은 그가 불편했던 이유를 하나 더 깨달았다. 문을 어떻게 통과했는지 궁금해지는——유심히 볼걸!——부푼 풍선 같은 덩치에도 불구하고 그의 움직임에는 군더더기가 없었다. 마치 무생물처럼, 공연히 움찔거리지도 흔들리지도 않았다. 불편함의 이유를 깨달을수록 당혹감이 줄었다. 수정은 책상 옆에 세워두었던 A3 크기 크로키 북을 꺼내 그를 그렸다. 움직임이 적으니 크로키보다는 데생이 좋을 것 같았다. 목탄보다는 연필이나 콩테가 어울리 겠지. 아직 열지 않은 상자에 선물 받아 몇 번 쓰다 만 연필 콩테가 있었다. 스케일이 큰 그림을 좋아하는 수 정은 원래 콩테보다는 굵은 압축 목탄을 주로 썼다. 겨 울 해는 빨리 떨어진다. 연주황색 볕이 한순간 붉어진 다 싶더니 곧 검푸른 그늘이 내려앉았다. 그가 한 모금 도 들지 않은 찻잔을 캔버스 위에 소리 없이 내려놓고 돌아섰다.

"다음에 또 보러 와도 되겠습니까?"

"어, 네."

"고맙습니다. 차 잘 마셨습니다."

그는 약간 거슬리는 소리로 꽥꽥거리고, 들어왔을 때처럼 조용히 나갔다.

수정은 실내가 완전히 어두워지고 나서야 일어나 형 광등을 켰다. 아직 낯선 작업실과 낮에 칠하다 버려둔 커다란 캔버스, 접시에 말라붙은 물감이 눈을 찌르듯 존재감을 반사했다.

"으아, 컵을 여기에 놓다니! 밑작업 겨우 다 해가는데!"

❖❖❖

그는 2주 후에 다시 찾아왔다. 처음과 같은 요일, 같은 시각이었다. 두 번째 방문에서 수정은 그의 몸이 문을 통과할 때는 바람 빠진 풍선처럼 납작해지고, 거실 한복판에 서 있을 때는 더 부풀어 오른다는 것을 알아차렸다. 또 2주 후, 세 번째 방문에서 수정은 그가 두 번째 때와 분까지 같은 시각에 초인종을 눌렀다는 것을 알아차렸다. 지난 일이니 확인할 수는 없었지만, 아마 처음 왔을 때와 똑같은 시각이리라는 생각이 들었다. 그의 말이 어색하게 들리는 이유가 말에 군더더기가 없어서임도 깨달았다. 그는 마치 구식 자동 응답

기처럼 '아'나 '으음' 같은 소리를 전혀 내지 않으며 말했다. 그는 그들의 위성에 있는 화산에서 솟아오르는 물질은 지구의 불꽃이나 용암과 다르다고 말했다. 전파 망원경으로도 과거의 모습밖에 보이지 않는다는 아득히 먼 그곳의 화산을 도저히 상상할 수 없었던 수정이 조금이라도 비슷한 예를 들어달라고 하자, 그는 그림을 한참 보다가──수정이 말을 걸든 말든 늘 그랬지만──지구 극지방의 오로라와 비슷하다고 했다.

겨울방학이라 학교 수업이 없었다. 수정은 예전 회사 동료에게서 알음알음으로 소개받은 아르바이트를 했다. 금발 미인에 능력 있지만 애인에게 버림받은 과거를 잊지 못하는 여자의 복수극을 다룬 소설이나 열여섯 살 고등학생이 물에 빠졌다가 이세계로 휩쓸려가는 소설의 표지를 만들었다. 삽화를 구상하며 훑어본 소설 속 이야기들은 수정의 옆집에 사는 그보다 비현실적이었다. 수정은 흰 밑작업 위에 동그란 찻잔 얼룩이 남아버린 커다란 캔버스를 몇 번 다시 손보다, 그냥 청록색을 덮어 칠해버렸다. 마르는 내내 지독한 냄새가 났다. 네 번째에, 수정은 그에게 이름을 물었다.

"이영희입니다."

수정은 스케치북에 손을 뻗다 말고 그를 올려다보았다. 지난주부터 창문 반대편에 이젤을 세워놓고 본격적으로 그를 그리고 있었다. 비죽 웃음이 새어 나오려 해서, 수정은 입을 비뚜름하게 일그러뜨린 채 다시물었다.

"이영희요?"

요새는 초등학교 교과서에도 안 나온다는 이름 아닌가.

"네."

그가 팩 대답했다. 웃음을 참느라 손이 떨렸다. 수정은 콩테를 내려놓고 숨을 골랐다.

"크흠, 음, 저는 박수정이에요. 처음부터 소개했어야 하는데, 그렇죠? 이영희가 설마 본명인가요?"

그리고 뒤늦게 생각난 질문을 보탰다.

"그런데 여자였어요?"

"괜찮습니다. 아니요. 비슷합니다."

그의 말투에 제법 익숙해진 수정은 바로 두 번째 답을 알아들었다.

"그럼 진짜 이름은 뭔가요?"

"지구에서는 말할 수 없습니다."

"에이, 그러지 말고요."

"정말입니다. 대기 성분이, 다릅니다. 기압이 다릅니다. 정확하게 표현할 수 없습니다."

"비슷하게는 돼요?"

그가 또 한참을 가만히 있었다. 수정이 단념하고 다시 콩테를 집어 들려는 찰나, 그가 몸을 완전히 돌려 수정을 응시했다. 여전히 수정은 그의 눈이 정확히 어디인지 몰랐지만, 그가 그림을 볼 때처럼 수정을 바라보고 있음은 분명히 느껴졌다. 수정과 그 사이, 고작해야 두세 걸음 거리의 공기가 떨리고, 헤어드라이어의 바람을 맞을 때처럼 눈자위가 뜨거워졌다. 무언가가 흔들, 하고

반짝였다 사라졌다. 눈을 깜박여보았다. 은근한 열기와
아릿한 잔상이 속눈썹에 걸린 듯 아른거렸다.

"……우리말과는 전혀 다르네요."

수정이 중얼거렸다. 그는 몸을 돌려 다시 그림을 바
라보다가 지난주보다 빨리 돌아갔다. 그 주에 수정은
겉으로는 모범생이지만 사실은 밤놀이를 즐기는 남
자 중학생이 같은 반의 평범한 여학생을 쫓아다니는
하이틴소설의 표지에 쓸 일러스트를 그렸다. 여주인
공의 이름은 은빈이었다. 세련된 이름이네요, 하고 말
하자 전 동료가 웃었다. 요새는 그런 이름 흔해요. 우
리 애 다니는 유치원에도 비슷한 이름 여럿 있던걸.
이름도 다 유행이죠. 오히려 철수니 영희니 하는 이름
이 의외로 드물지. 이 시안 깔끔하고 괜찮긴 한데, 여
자애 눈을 좀 더 크게 그리면 어떨까요? 키도 좀 키
우고. 수정은 흔할 것 같지만 드문 이름이라면 그에게
어울릴지도 모르겠다고 생각하며, 7등신이던 여주인
공을 9.5등신으로 고치고 내친김에 머리카락 끝에 컬

도 그려 넣었다.

다섯 번째 날은 대보름이었다. 수정은 영희 씨가 먹지 않을 줄 알면서도 호두와 땅콩을 접시에 담아내었다. 영희 씨는 손잡이가 없는 그릇도 흔들림 없이 들어 올려 호두와 땅콩을 살펴보았다. '그들'이 지구의 문화에 대해 잘 안다고 듣긴 했지만, 수정은 혹시나 하는 마음에 대보름의 부럼을 열심히 설명했다. 영희 씨는 화산이 있는 위성이 그들의 행성에 가장 가깝게 다가오는 날에 대해 이야기했다.

여섯 번째 날은 그로부터 닷새 뒤였다. 외주자인데 이런 것까지 해야 하느냐고 속으로 투덜대며 인쇄소에 가서 표지를 확인하고 온 날이었다. 3월인데도 바람이 찼다. 오피스텔 앞이 어쩐지 어수선했지만, 수정은 무심코 엘리베이터에 올라 그새 익숙해진 층 번호를 눌렀다. 엘리베이터 문이 열리자 제복을 입은 사람들이 영희 씨의 집과 수정의 집 사이에 들어차 있었다. 영희 씨가 그들을 피하듯 앞으로 한 걸음 나오더니 당황한 수정의 앞에 섰다. 영희 씨와 수정의 사이로 아득한 우주 저편의 불꽃과 남극에서 너울지는 오로라와 겨울에 피어오른 자줏빛 연꽃 같은 열기가 조각난 별빛 같은 빛의 가루를 남기고 순식간에 지나갔다. 다른 사람들은 아무도 느끼지 못한 것 같았다. 곧 검은 제복들이 영희 씨를 감쌌고, 엘리베이터의 문이 닫혔다.

✦✦✦

연꽃 그림과 청록색 캔버스를 선배의 창고에 맡긴 주말에 수정은 친구들을 만났다. 생각해보니 몇 달 만이었다. '그'가 떠나자마자 월세를 왕창 올린 매정한 집주인을 욕하며 이사를 거들어주었던 은희가, 이세계에서 모험을 끝내고 온 영웅처럼 과장스럽게 수정을 소개했다. 친구들이 웃음을 터뜨렸다. 그들은 학창 시절부터 겁 없고 엉뚱했던 수정의 성격을 이야기했다. 잠깐의 틈을 타 그만한 오피스텔에 작업실을 마련하고 몇 달을 편하게 지낸 수정의 수완을 치켜세우고, 그새 틀림없이 수가 늘어났을 덩치 큰 작품들의 거취를 걱정했다. 술이 몇 순배 돌고 나서는, 혹시라도 그것들과 마주친 적이 있는지, 그들이 내는 소리를 들어봤는지, 오피스텔 주위를 지키던 사람들 중에 미남은 없었는지 호기심 어린 눈을 반짝이며 물었다. 수정은 웃음으로 답하며, 눈이 녹아 흐른 흔적이 남은 호프집 창틀을 따라 화려하게 깜박이는 작은 전구들을 바라보았다.

텔레비전과 신문에는 여전히 '지구의 일상을 경험하러 온 그들'이 간간이 등장했다. 멀리서 보면 갈색 두꺼비 같은 그들은 때로는 길을 걷고 때로는 국가 시설을 방문하고 때로는 산을 올랐다. 수정은 작은 사진 속 그들 중에서 영희 씨를 알아보지 못했다.

수정은 영희 씨가 마지막으로 했던 말의 의미 역시 알지 못했다. 이별의 말이나 아쉬움의 표현이었을지도 모른다. 그러나 먼지 낀 창틀에 매달린 전구들과 전혀 달랐던 빛의 잔상을 떠올리며, 자취방으로 돌아가다

밤하늘을 띄엄띄엄 장식한 별들을 올려다보며, 머리를 말리다 헤어드라이어의 열기에 뜨거워진 눈시울을 문득 손으로 덮으며, 수정은 그 말이 인사가 아니었으리라고 생각하기로 했다. 그것은 수정의 손도 눈도 닿지 않는 세계에 있는 어느 위성의 이름, 그 위성의 표면에 솟아 있는 화산의 이름, 화산에서 우단처럼 솟아오르는 불꽃의 이름이리라 믿기로 했다. 그리고 가끔은, 그 아름다움이 아득한 어둠 저편에 숨겨져 있던 수정의 이름이었을지도 모른다고, 남몰래, 마음속으로만, 생각했다.

우주류

바둑에서 가장 중요한 것은 착점*이다. 혹자는 승부를 가리는 계가**가 우선 아니냐지만, 바둑의 승부는 우연히 나는 것이 아니라 과정에서 이어지는 논리적 귀결일 따름이라, 굳이 계산을 편하게 하기 위해 이리 저리 돌을 움직여 만든 사각형에는 실상 아무런 의미가 없다. 착점도 그저 돌을 놓아서는 안 된다. 바닥에 떨어진 종이를 주워 옮기듯 해서야 그 멋을 제대로 느낄 수 없다. 검지와 중지 사이에서 미끈거리는 돌을 타

* 돌을 바둑판 위에 놓는 것.
** 집계산. 남은 집의 수를 세어 승부를 가린다.

악 하고 내려놓는 순간, 반상*은 우주가 되고 세상을 버티는 검은 줄을 타고 새로운 진동이 흐른다.

바둑판 중 제일은 비자나무 판이다. 비자나무는 유연하고 탄성이 있어 돌을 놓는 순간의 압력에 살짝 눌리는데, 그 맛이 그리도 좋다고들 한다. 착점하는 순간의 진동을 삼켜버리고 본래 모습으로 돌아오는 재주는 몇 해가 가도 흐트러지지 않는다. 이런 비자나무 판 중에서도 특등품은 바로 갈라진 나무로 만든 판이다. 워낙에 신축성이 좋다 보니 갈라진 나무를 잘라 잘 보관해두면 그 상처가 도로 아물고 가느다란 흔적만 남는데, 이것이 좋은 비자나무 판이라는 증거가 되어 값이 몇 배로 뛴다.

어머니가 바로 그 실금 간 비자나무 판을 마련한 것은 내가 스물아홉 살 때였다. 빠듯한 살림 어디서 그런 큰돈이 났는지, 어머니는 신경 치료를 받고 돌아온

• 바둑판 위.

내 앞에 지금까지 쓰던 납작한 휴대용 합판과는 비교
도 되지 않는 매끈한 바둑판과 플라스틱 돌에 기름이
라도 바른 듯 빛나는 조개 바둑알을 내놓았다. 반신불
수로 평생을 보내야 할 딸의 처지가 안타까워 마련한
선물이라기에는 턱없이 비싼 물건을 앞에 두고 나는
잠시 말문이 막혔다. 어머니는 바둑판을 식탁 겸 책상
위에 올리고 약품으로 거칠어진 손을 뻗어 바둑돌을
쥐더니 3의 4, 소목*에 탁 소리 나게 놓았다. 바둑판이
가볍게 파였다.

"오늘부터는 내가 흑을 쥐마."**

나는 어머니와 바둑판, 그리고 우주 한가운데에서
위태롭게 떨리는 검은 돌을 번갈아 바라보다 돌 통에
손을 넣었다. 차가운 조개가 살아 있는 것처럼 손가락

* 3의 4 혹은 4의 3지점. 화점에서 위 또는 옆으로 한 칸 간 곳이다.
** 바둑에서는 실력이 약한 사람이 흑돌, 강한 사람이 백돌을 쓴다. 흑돌을 쥔
사람이 먼저 두기 때문에 유리하다.

사이로 달려들었다. 타악, 좌상귀 화점.*

✦✦✦

나는 언제나 우주를 꿈꿨다.

우주 비행사든 지질학자든 천문학자든 상관없었다.
내가 가고 싶은 곳은 저 밖 어딘가였다. 돈으로 살 수
있다면 돈을 모으리라. 몸으로 때울 수 있다면 체력을
키우리라. 권력으로 잡을 수 있다면 높이 오르리라. 지
구를 벗어나리라. 우주를 보리라. 열 살 남짓한 여자아
이의 머리 어느 구석에서 그렇게 강렬한 갈망이 자라
났는지는 아무도 몰랐다.

보험 회사를 다니던 아버지가 과속 차량에 뒤를 받
혀 어이없이 세상을 뜨자, 생물학을 전공했던 어머니
는 어느 대기업에 딸린 유전 공학 연구실에서 일자리

---

* 화점은 바둑판 위에 굵게 표시된 아홉 개의 기준점을, 귀는 바둑판의 네 귀퉁
이를 말한다. 위치에 따라 좌상귀, 우상귀, 좌하귀, 우하귀로 부른다.

를 구했다. 초파리가 담긴 유리관에 화학 약품을 넣거나, 방사선을 쏘거나, 유전자 변형된 음식물을 집어넣는 일이었다. 그렇게 만들어진 날개 없는 초파리, 눈이 뒤틀린 초파리, 다리가 네 개뿐인 초파리가 어디에 쓰이는지는 어머니가 알 바 아니었다. 어머니가 하루 종일 작은 생명이 발버둥 치는 유리관을 지켜보고 돌아온 밤이면 우리는 10년은 족히 된 것 같은 접는 바둑판 앞에 마주 앉았다. 어머니의 눈 밑에 피곤이 겹겹이 쌓였거나 내가 시험을 앞둔 날에도 판은 어김없이 펼쳐졌다.

　—반상이 곧 우주다.

　과학 잡지의 화사한 화보, 학교에서 빌려 온 과학소설, 달 유인 기지 건설 계획의 수립 과정이 담긴 동영상을 보고 싶어 투덜거리던 내게 어머니는 말했다.

　—집중하지 않으면 바둑이나 인생이나 수가 나지 않는 법이다. 교만하면 길을 잃는다. 반상이 곧 우주다.

　어머니는 달에 유인 기지가 생기든 화성에 유인 탐

사선이 가든 소국(小國)의 어린아이가 꿈꿀 만한 일은 아니라는 말은 단 한 번도 하지 않았다. 한창 꿈을 키울 나이인 어린 딸에게 던질 법도 한, 너라면 틀림없이 할 수 있으리라는 뻔한 말도 한번 꺼낸 적 없었다. 내가 좁은 방의 벽 가득히 성단과 항성계의 사진을 붙여넣을 때에도, 주말에 밤늦게까지 잘 들리지 않는 유럽우주국(ESA) 마이클 매케이*의 인터뷰를 몇 번이나 돌려 보며 사전을 뒤적일 때에도, 과학영재센터 지원서에 딸린 보호자 동의서를 내밀었을 때에도, 그 시험에 떨어져 퉁퉁 부은 눈으로 침대 머리맡에 붙은 대형 화성 포스터를 찢어발길 때에도 어머니는 나무라지 않았다.

　—*우주류**라 하여 귀를 버리는 것은 바보 같은 짓이다. 지킬 것을 지키지 않으면 허공에서 죽는다.*

* 유럽우주국(European Space Agency)의 화성 탐사 책임자.
** 실리 위주였던 기존의 바둑과 달리 반상 한가운데를 공략하는 직선적이고 전투적인 형태의 전술로 1980년대 바둑계에 센세이션을 일으켰다.

내가 열일곱 되던 해, ESA와 NASA는 손을 잡고 달 기지 건설을 시작했다. 장기 거주가 가능한 시설에 필요한 예산이 없어 지지부진하던 계획이 거주는 뒤로 미루고 광물을 채취하여 값싸게 운반할 시설부터 짓는 쪽으로 수정되자 갑자기 속도가 붙었다. 따로 유인 우주선을 만든다던 중국은 터와 인력을 제공하고 이윤을 나누어 받기로 마음을 돌렸다. 20년 계획이었다. 다국적 기업의 로고를 커다랗게 새긴 우주선이 연이어 출발했다. 베이스캠프를 만들고 광산의 위치를 결정할 첫 번째 팀은 남자 스무 명, 여자 열일곱 명이었다. 달리 말하면 미국인 열, 유럽인 열둘, 중국인과 일본인 열넷, 인도인 한 명. 또 달리 말하면 흑인이 여덟, 황인이 열다섯, 백인이 열네 명. 그리고 그중 절반이 광물학 전공자였다.

나는 첫 번째 팀의 우주선 세 대가 발사되는 모습을 질릴 만큼 되풀이해 보았다. 기말고사가 끝날 때쯤 모두 무사히 달에 도착하여 연구를 시작했다는 소식이 들려왔다. 황량한 우주와 그 가운데 뜬 지구를 뒤로하고 찍은 기념사진이며 얄팍한 기획 방송부터 《네이처》에 실린 월인들의 소소한 생물학 연구 결과까지 나는 하나도 빼놓지 않고 찾아 읽었다. 혼자 공부한 프랑스어와 영어, 중국어는 일상 대화를 하기에는 부족했으나 논문을 더듬어 읽고 이해하기에는 충분했다. 그만하면 족했다.

스무 살. 나는 천문학과가 유명한 대학에 들어갔다. 광물학을 부전공, 생물학을 복수 전공으로 택했다. 누가 보아도 무리인 시간표였지만 먹고살며 공부만 하기란 생각만큼 어렵지 않았다. 사람들은 배경처럼 흘러지나갔다. 어머니와의 바둑은 한 달에 두 번, 기숙사에서 집으로 돌아가는 주말로 줄었다. 나는 때 묻은 바둑판의 녹슨 경첩을 펼치며 다른 사람들도 반상에 그어진 검은 줄처럼 또렷한 목표를 가지고 있을지, 그들의 삶도 열아홉 줄이 엇갈려 만들어낸 삼백예순한 개의 점처럼 유의미할지 궁금해했다.

—이유 없는 돌은 처음부터 놓지를 마라. 일단 놓았으면 쓸모를 찾아라.

스물하나, 스물둘, 스물셋. 광산 건설이 시작되었고 달과 지구 사이에서 자재를 운반하고 연락을 맡을 새 우주 왕복선이 완성되었다. 대통령이 두 번 바뀌는 사이 우리나라와 무관해 보이는 달 기지 건설 소식은 대중의 관심에서 멀어졌다. 고등학교 교과서마다 첫 번째 팀을 이끌었던 백인 영웅의 사진이 박혔다. 모든 것이 너무나 빨리 역사의 한 장이 되고 있었다. 마음이 조급해졌다. 여전히 반도에 묶인 스물세 살 여학생. 자다 깨어 자리에 누운 채로 허공을 꼼짝 않고 바라보거나 신기술이나 정보에 뒤처진 학교가 답답해 수업에 빠지는 날이 늘었다. 꿈에서 나는 대기권을 통과하고 우주를 날았다. 진공에 노출되어 온몸이 부풀어 터졌다. 바둑판의 줄처럼 우주를 가르는 그물에 걸려, 기숙사 천장보다 까마득한 허공으로 떨어져 내렸다.

대학원 석사 2년 차이던 스물여섯 살에 마침내 기회가 보이기 시작했다. 달 기지와 우주 왕복선에 필요한 사람의 수가 늘어나면서 정치적으로 올바른 것에 대한 환상에 균열이 생겨났다. 조심스레 맞춘 성비와 국적, 인종 비율이 무너져 내린 자리에 경제 논리가 자리 잡았다. 건설이 진행될수록 당연히 크고 작은 사고가 잦아졌고, 더 이상 영웅이 필요 없는 사업에 목숨을 던질 사람은 줄어들었다. 나는 석사가 끝날 때까지 끈질기게 참고 기다렸다. 지원할 기회는 한 번, 많아야 두 번일 터였다. 지상에서 통신을 중계하거나 보내 온 광석을 점검하는 일 따위에 배치될 수는 없었다. 내가 꿈꾼 것은 우주였다. 내가 갈 곳은 달이었다. 내가 원한 것은 반상 한가운데 방치된 돌이 아니라 귀퉁이에서 제대로 뻗어 나간 화려한 우주류였다.

나는 석사학위를 받은 날에 곧장 지원서를 넣었다. 박사는 아니라도 천문학 석사, 생물학 학사, 광물학 부전공에 프랑스어, 영어, 중국어 가능자라는 이력은 나쁘지 않았다. 나는 만 일곱 해 반 동안 쌓인 짐을 정리해 어머니의 집으로 돌아가 결과를 기다렸고, 대학원에 다니던 3년 동안 창고에 박혀 먼지가 두껍게 앉은 바둑판을 꺼내다 누렇게 바랜 연간 달 기지 소식지 뭉치를 발견했다. 내가 모아둔 것은 아직 풀지 않은 가방 안에 들어 있었다.

6개월 후 서류 전형 합격 통지를 받고 면접을 보러 아시아 지역 연구 본부가 있는 중국 간쑤성으로 출발했다. 장대한 사막에서 번쩍이는 연구소와 얼핏 보기에는 폐허 같은 우주선 발사대의 모습은 너무나 익숙하여 오히려 현실감이 없었다. 나는 준비한 면접 자료를 훑어보는 대신 주머니에 넣어 간 플라스틱 바둑알을 만지작거리며 건조한 사막의 공기를 들이마셨다. 지는 해를 따라 타오른 황막(黃漠)의 흙먼지가 아스라이 보이는 초원을 가렸다. 나는 발끝에 부딪히는 흙먼지를 내려다보며 생각했다. 만약 달에 간다면, 혹은 우주 왕복선에 살게 된다면 이 하늘이 그리워질까. 이

땅이 그리워질까. 어머니가 그리울까. 언젠가는 돌아오고 싶어질까.

나는 끝내 그 답을 알지 못했다. 면접과 신체검사를 통과하고 실감 나지 않는 마음을 추슬러 서류를 정리하기 위해 서둘러 한국으로 돌아온 날이었다. 버스에서 내리던 내 눈앞에 갑자기 나타나서 사정없이 돌아가던 바퀴와 동시에 느껴진 아찔한 고통. 스물여덟 살. 20년의 노력이 팻감 떨어진 대마*처럼 죽어나가는 데에는 20초도 걸리지 않았다. 중력이 껍질만 남은 몸을 쉴 새 없이 끌어당겼고, 병상에 누인 몸은 아무리 발버둥 쳐도 침대로, 바닥으로, 땅으로 아득히 잠겼다. 겹겹이 쌓인 대기의 무게에 숨이 막혔다.

나의 일상도 배경이 되었다. 일어나고, 휠체어에 앉고, 병원에 가고, 집에 돌아오고. 밥을 먹고, 약을 먹

• 바둑에서 거대한 세력을 이루며 연결된 돌. '대마'가 잡힌 경우 바둑은 대개 불계패(기권패)로 끝난다.

고, 물을 마셨다. 퇴원하고 서너 달이 지나 문득 돌아온 정신으로 바둑판을 찾아보려 창고 문을 열었지만, 달라진 내 키에 적응하지 못해 쌓인 물건만 넘어뜨리고 말았다. 연간 달 기지 소식지, 플라스틱 바둑알, 학창 시절 벽에 붙였던 빛바랜 사진, 다큐멘터리 DVD, 대학 졸업 앨범이 쏟아져 내렸다. 얼굴에 야광 별의 둔탁한 모서리가 부딪혔다. 아팠다. 먼지가 들어갔는지 눈과 코가 못 견디게 따갑고 숨이 목에 걸렸다. 아파 눈물이 났다. 나는 창고 앞에 앉아 이제 잡동사니가 된 나의 스물아홉 해에 파묻혀 흐느꼈다.

저녁에 돌아온 어머니는 나를 욕실에 밀어 넣고 아무 말 없이 창고를 치웠다. 그리고 며칠 후 식탁 한쪽에 비자나무 판이 놓였다. 나는 집에 혼자 남는 낮이면 전날 밤 대국의 흔적이 남은 곰보 비자나무 판의 실금을 쓰다듬고 집구석에 처박혀 있던 기보˙ 책을 꺼

˙ 대국의 과정을 순서대로 기록한 것. 바둑판이 그려진 종이에 동그라미로 돌을 표시하고 그 안에 두어진 순서대로 숫자를 적어 넣는다.

내 10년 전, 50년 전, 100년 전에 입신한 기사들의 대국을 손수 놓아보았다. 가끔은 반짝이는 조개 알을 하나하나 닦기도 했다. 밤이면 그렇게 반지르르하게 닦은 차가운 알을 쥐고 텅 빈 반상 앞에 어머니와 마주 앉았다.

통원 치료가 다 끝나고 몇 개월에 한 번씩 병원에 들르는 정기 검진만 남자, 나는 반년 가까이 꺼져 있던 컴퓨터를 켜고 즐겨찾기에 그대로 남아 있는 천문학이며 달 기지 관련 뉴스 그룹과 논문 데이터베이스 링크를 훑어보았다. 그리고 그것들을 모두 지워버리는 대신 온라인 박사과정에 등록했다. 지구를 사랑할 수는 없었다. 검은 밤하늘에 흘러가는 구름조차도 내가 대기 아래 갇혔다는 깨달음을 불러와 견딜 수 없었다. 반상이 곧 우주라면 그 어디엔가는 찍혀나간 틈이 있을 것이다. 반상이 인생이라면 이 상처는 실금으로 남을 것이다. 세상을 버티는 줄은 하나가 아니다.

아무리 컴퓨터 프로그램이 복잡하고 정교해져도 사람 손이 가는 일은 남아 있기 마련이라 나는 학부생 답안지 채점과 간단한 논문 번역 아르바이트 자리를 꽤 쉽게 구할 수 있었다. 현장에서 일하기 곤란한 광물학은 완전히 그만두었다. 온갖 국적과 나이의 사람들이 달 기지와 유관 사업에 몰려들면서 연구 본부에서 일하는 장애인도 조금씩 늘어났지만 내가 서른셋이 될 때까지도 우주 기지에서 장애인을 채용했다는 소식은 들리지 않았다. 막연한 기대나 실낱같은 희망에 매달린 삶이 아니라 초연할 수 있었다. 스무 살 무렵에는 월인들의 사진만 봐도 고개를 들던 질투심도 서서히 사그라들었다.

기지 건설이 마무리될 즈음에 스캔들이 터졌다. 직원들의 건강 문제였다. 중력이 낮은 달이나 우주 왕복선에서 장기간 일한 직원들의 골밀도 감소 현상이 NASA와 ESA의 주장보다 훨씬 심각하다는 것이 뒤늦게 알려졌다. 건설을 시작할 때는 충분히 대책을 세운 줄 알았는데, 처음 달의 맨땅을 밟고 돌아다녔던 월인들이 지구에 돌아오고 10년도 더 지나서야 부작용이 드러나기 시작한 것이다. 첫 번째 팀 서른일곱 명 중 지금까지 살아 있는 서른 명에게서 나이에 비해 턱없이 이른 골다공증 증세가 나타났고, 그중 절반에게는 결석까지 있었다. 주로 우주에서 활동한 두 번째 팀원 중 세 명이 피부암에 걸린 것도 우주 방사선 때문이라는 가설이 등장하자 과학계와 의료계가 발칵 뒤집혔다. 지금껏 제대로 된 후속 연구가 없었기 때문에 세계 방방곡곡으로 흩어져 그저 자신의 건강에 문제가 생긴 줄로만 알고 살아온 기지 건설 참가자들이 세밀한 검진을 받았고, 그 결과는 건설 중단 운동이 일어날 만큼 절망적이었다. 급한 대로 우주 왕복선의 인공 중력이 지구의 0.5배에서 0.8배로 높아졌고 직원들의 우주 거주 기간이 절반으로 단축되었으며 운동 시간이 충분히 주어졌지만 여러 노력에도 불구하고 당장 근본적인 해결책은 나오지 않았다.

결국 기지 건설은 중단되었고, 1년 가까이 사업 표류 끝에 NASA와 ESA는 지체 장애인을 모집하기 시작했다. 무중력 공간에서 일하다 지구로 돌아가도 상대적으로 몸의 무게를 버텨낼 필요가 적은 하반신 마비나 절단 장애인이 주요 대상이었다. 뉴스 그룹에서는 운동해야 할 부위가 적은 사람들은 팔다리를 쓰지 않거나 아예 없는 이들이라는 주장이 있었다는 소문도 돌았다. 표면적으로 내세운 이유인 정치적인 정당함과는 거리가 먼 결정으로 기지 건설에 자원하는 사람의 수가 눈에 띄게 줄었기 때문에 나온 궁여지책에 가까웠지만, 지금껏 우주 개발에서 배제되어온 장애인들은 기회를 놓치지 않고 권리 찾기에 나섰다. 결국 장애인 채용 문제는 우주 시대의 장애 인권부터 지구의 법률 적용 범위 논쟁이며 국제법 논쟁으로까지 확대되었다.

사업 성공을 앞두고 악재를 맞은 NASA와 ESA와 다국적 후원 기업들은 더 이상의 사업 지연으로 경제

적, 사회적인 타격을 감수하느니 사업의 수혜자를 늘리고 지금껏 투자한 엄청난 비용을 회수하는 쪽을 택했다. 미국과 유럽에서 시행되던 장애인 채용 법안을 개선한 새로운 법안이 국제법에 포함되었고 달 기지와 우주 왕복선 및 연구 본부가 있는 지역에까지 확대 적용되었다.

공부를 멈추고 장애인이나 국제법 뉴스 그룹에서 들려오는 소식에 온 신경을 모았다. 현실감이 없었다. 막 서른아홉 살이 되었을 때 장애인과 비장애인을 모두 포함하는 채용 공고가 나왔다. 다양한 경우에 맞춰 새로운 체력 검사가 도입되었고, 몇 달 후 건설 재개 우주선에 절차를 통과한 열두 명의 장애인이 처음 올랐다. 나는 그들이 탄 우주선이 발사되는 모습을 보고서야 지원서를 보냈고, 10년 전이긴 해도 이미 채용 절차를 통과한 경력이 있는 데다 그 사이 추가된 학위가 보탬이 되었는지 다시 중국 국경을 넘게 되었다. 이번에는 처음부터 짐을 모두 챙겼다. 출발하기 전날 밤에 어머니는 바둑판이나 돌을 가져가겠느냐고 물었다. 나는 휠체어에 앉은 내 키와 별로 차이가 나지 않을 만큼 굽은 어머니의 등을 가만히 바라보았다. 그리고 천천히 팔을 뻗어 어머니의 목을 감싸안고 고개를 저었다.

간쑤성은 이제 매끈한 도로가 반짝거리며 빛나는 연구 단지가 되어 있었다. 나는 발사대와 본부가 보이는 고층 숙소 창가에 앉아, 기억 속에 희미하게 남아 있는 이 사막의 흙먼지를 떠올렸다. 지금의 내 나이에, 어리기 그지없는 아이를 반상 앞에서 똑바로 마주 보며 키웠던 어머니를 생각했다. 지구로 돌아오지 않고 싶다던 화려한 꿈과 사막을 딛고 섰던 두 다리를 생각했다. 계약 기간이 끝나는 1년 후면 연임 여부와 상관없이 일단은 귀환하게 된다. 혼자 몇 번이나 놓아보았던 우주류의 창시자 다케미야 마사키의 기보에서 보았던, 직선적인 호방함을 받쳐내는 무섭도록 치밀한 수읽기를 머릿속으로 그려 보았다. 나의 10대, 20대, 30대. 그 착점의 순간들.

나는 창에서 몸을 떼고 두 팔로 침대에 풀썩 몸을 뉘었다. 모레 왕복선으로 출발하고 나면 정신없이 바빠질 터였다. 그리고 지구로 돌아오면, 그래, 돌아오면, 돌을 반짝반짝하게 닦고 어머니와 바둑을 두자. 망원경을 하나쯤 사거나 사람을 만나거나 장애 인권 단체에 참여해보는 것도 좋겠지. 내 나이 불혹, 바둑은 이제 겨우 중반이었다.

입적

정희는 아들이 아홉 살 되던 해, 동네 유치원 앞에서 발견되었다는 아이를 딸로 입양했다.

　"몇 살이야?"

　"정확히는 몰라서 두 살로 입적했어. 생일은 내 딸이 된 날로 했고. 의사가 아직 30개월은 안 되었을 거래."

　정희는 가방에서 사진을 꺼내 늘어놓았다.

　"이것 봐, 정말 귀엽지? 말도 꽤 잘해. 제 오빠는 또 얼마나 잘 따르는지."

　나는 사진 속의 작고 평범한 여아와 내 앞에서 발갛게 상기된 친구의 얼굴을 번갈아 바라보다 피식 웃었다.

　"그렇게 좋아?"

"당연하지. 지난주에는 서훈이가 학교 갔다 오니까 글쎄, 얘가 문 앞으로 쪼르르 가더니……."

나는 친구의 수다에 적당히 추임새를 넣어주며 차를 홀짝였다. 부모님을 일찍 여의었기 때문인지 정희는 아이들에게 늘 다정다감했다. 정희가 첫아이를 낳고 나서 더 이상 임신하지 않는 것을 의아하게 생각했던 터라, 길에서 발견된 아이를 키우기로 했다는 소식도 놀랍지 않았다. 좋은 엄마가 되겠지.

"……지윤아, 지윤아?"

"아아, 미안. 잠깐 딴생각하느라."

"어유, 알았어. 자랑 그만할게. 넌 잘 지냈어? 이번에는 3년이나 걸렸네. 괜찮았어? 다른 마을은 어때?"

정희가 사진에서 눈을 떼고 나를 찬찬히 살폈다. 애정과 염려가 숨김없이 드러나는 따뜻하고 인간다운 눈이었다. 같은 눈빛으로 나를 바라보았던 수많은 사람의 얼굴이 겹쳐 보여, 나는 서둘러 찻잔을 들었다.

"그런 것 같아. 사람들 영양 상태도 훨씬 나아졌고,

웬만한 도시에는 병원도 제대로 들어섰더라. 평양 의학 연구소도 완공되었는데, 규모가 굉장히 커."

"잘됐네. 그럼 이번엔 여기 계속 머무를 생각이야? 언제까지나 그렇게 돌아다닐 수는 없잖아. 좋은 일 하는 건 좋지만, 친구로서 말하자면 난 이제 네가 자리 잡고 결혼해서 편하게 살았으면 좋겠어. 위험한 데 있을까 봐 걱정된단 말이야."

나는 난로의 발간 불로 눈을 돌리고 편안한 의자에 몸을 묻었다. 그리고 한순간에 해일처럼 밀어닥치는 기억들, 수많은 죽음과 혈흔과 포화와 폐허, 적의와 외로움에 대해 설명하는 대신 차를 한 모금 삼켰다.

"언젠간 그렇게 되겠지. 고마워."

페이아인들이 언제부터 지구에 살았는지는 아무도 몰랐다. 인류의 조상이 페이아인이라는 설, 전설에 가까운 역사 속 1,000년씩 살았다는 고대의 왕이 곧 페이아인이라는 설도 있었다. 중층적 의미를 지닌 신화

일 뿐이라고 말하는 사람들도 있었다 ─그들이 지구
에 다시 찾아오기 전까지는.

인간과 꼭 닮은 외계인들이 탄 진짜 '우주선'이 지구
대기권에 나타나자, 세상은 순식간에 혼란에 빠졌다.
본래 적응력이 높은 페이아인들은 자신들이 방문하는
행성의 고등 생명체와 똑같은 형태를 취한다는 것이
곧 알려졌지만, 그것은 소름 끼치는 '가짜'라는 페이아
인의 이미지에 괴기를 더할 뿐이었다.

지구 궤도를 돌고 있던 수많은 자동 미사일과 인공
위성이 군사적 목적으로 만들어진 것이 아니었다면,
애당초 전쟁 따위 일어나지 않았을지도 모른다. 중동
과 미·영 연합군 사이의 국지전이 세계대전으로 확대
되던 시기가 아니었다면, 삼류 신문에나 나올 법한 정
체 모를 외계인의 등장은 음모론자들이나 호사가들의
흥밋거리가 되었을지도 모른다. 우주를 꿈꾸는 낭만적
인 젊은이들은 쌍안경이며 망원경을 들고 아파트 옥
상에 올라 우주선을 구경했을지도 모른다.

그러나 우리는 그렇게 운이 좋지 않았다. 누가 선제
공격을 승인했는지는 중요하지 않았다. 통신 채널이
열리고 전 세계로 페이아인들의 인사가 전해지는 순간
누군가 자동 공격 버튼을 눌렀고, 지구상 인류의 절반
쯤은 외계인이 온 줄도 모른 채 잠에 빠져 있을 때 인
간의 무기는 하늘로 날아올랐다. 정보 면에서 훨씬 더
고립되어 있던 중동에서는 갑작스러운 혼란이 세계를
힘으로 휘어잡은 미·영 연합의 공격이라고 생각하고
발포를 시작했다. 수많은 사람이 영문도 모른 채 죽어
갔다. 페이아인들의 우주선은 끄떡도 하지 않은 채 처
음에는 메시지를, 나중에는 응전을 시작해 성분을 알
수 없는 폭탄을 지상으로 떨어뜨리며 파국을 부추겼
다. 우리 사이에 가짜가 있다! 그 연놈들이 시작했다!
페이아인들이 처음 보냈던 메시지 중에는 지구인 틈
에 섞여 살던 페이아인들을 원할 경우 데려가겠다는
것이 있었고, 이는 세계 곳곳에서 대규모 살육전을 불
러왔다. 누가 페이아인이지? 누가? 애당초 완전치 않

왔던 페이아인의 메시지는 사람들 사이로 퍼지며 무서운 속도로 왜곡되었다. 훤한 대낮에 길 가던 사람이 맞아 죽고, 동안이라는 이유로 부러움을 사던 주부가 이웃의 칼에 찔려 몇 시간이나 피를 흘린 끝에 시체가 되었다. 믿을 사람은 내 배로 직접 낳은 자식뿐이었다. 피난민촌조차 생겨나지 않았다. 그러는 사이 한편에서는 페이아인이라 주장하는 사람들이 우주선 아래로 모여들었다.

전쟁은 2년간 계속되었다. 페이아인들의 우주선은 6개월 만에 떠났지만 국지전, 마녀사냥, 정권 쟁탈전이 뒤를 이었기 때문이다. 땅을 피로 적시고 시체를 거름으로 쓴 후에야 세계는 서서히 진정되기 시작했다. 13년 전 얘기다.

내가 지구인이 아님을 안 것은 예순 살 무렵이었다. 물론 그때는, 우주선이 나타났을 때 미국 하늘에 걸려 있던 카시오페이아자리의 이름을 딴 '페이아'라는 말이 쓰이기 전이다. 맨 처음 나를 키운 주모는, 내 어머니가 하룻밤 묵는 사이에 나를 낳은 후 버려두고 도망 갔다고 했다. 도무지 자랄 생각을 않는 늦된 아기는 이름 모를 사람들의 호의에 기대 여기저기 휩쓸려 다녔다. 이름을 만휼이라 하던 노비, 조상님이 저 멀리 중국에서 왔다던 재인(才人), 아이가 일곱인데 모두 아들이라며 나를 잠시 거두었던 천 씨네…… 페이아인의 기억은 바래지 않는다. 나는 지금까지도 수없이 많은 밤마다 나를 사랑하거나 괴롭히거나 감싸안거나 손가락질했던, 이해할 수 없는 지구인들의 눈을 마주 보며 잠이 든다.

나는 열일곱 번째로 나를 키웠던 봇짐장수에게서 내가 누구인지를 배웠다. 그는 보부상이 없던 시절부터 부랑자로, 선원으로, 승려로 산천을 떠돌았던 페이아인이었다. 고아이니 절간에 맡기든지 잘 키워 심부름꾼으로라도 부리라며 넘겨받은 계집아이가 4년이 지나도록 전혀 자라지 않자, 그는 내가 '장수덕인(長壽德人)' 중 한 명임을 알아챘다. 그는 오래 산 만큼 현명

했고, 무엇보다도 살아남는 법을 알았다. 한군데 오래 머무르지 마라. 바다에 뛰어들어 절명하는 시늉을 해라. 가끔은 그저 사라져라. 얼굴에 흙을 바르고 상처를 내고 옷을 바꿔 입어라. 우리는 150년 동안 부녀(父女) 행세를 하며 전국을 누볐다. 가끔 그는 수백 년의 생을 사는 동안 알게 된 다른 페이아인들과 만나 밤새 이야기를 나누었고, 그럴 때면 나는 이미 백 살이 넘은 혼을 누더기 저고리와 치마폭에 숨기고, 인간들에게는 까마득한 옛이야기이지만 우리에게는 아직 피가 멎지 않은 상처와 같은 생생한 과거사를 들었다.

그는 1930년쯤 죽었다. 명(命)이 다한 것인지, 수탈을 이기지 못해 병사한 것인지는 알 수 없었다. 페이아인의 얼굴은 나이를 짐작하기 어려웠고, 그는 자신이 정확히 언제부터 살았는지 한 번도 말해주지 않았다. 나는 그의 시신을 길가에 묻고 절에 들어가 비구니가 되었다. 나이를 알 수 없는 얼굴이라 해도 젊은 여자임을 숨기기는 어려운 내가 그 시절을 살아남을 길은 그뿐이었다. 큰 전쟁을 두 번 피한 뒤에야 나는 다시 세상에 나왔다. 전쟁 때 부모님을 잃고 홀로 피난을 왔다하여 열다섯 살 여자로 주민등록을 하고 서른 살 때 없는 딸의 출생신고를 한 후, 스무 살 되는 '딸'이 되어검정고시를 치르고 의과 대학에 들어갔다. 정희와는대학에서 만났다. 정희에게 나는 20년이나 사귄 둘도없는 친구이고, 내게 정희는 아득히 먼 훗날에도 지금모습 그대로 꿈에 파고들 찰나의 단편이다.

나는 페이아인들의 우주선을 타지 않았다. 알고 지내던 페이아인 중 몇 명은 우주선에 올랐다. 다른 수십 명은 전장을 뚫고 가려다 죽었다. 우주선을 타려한 페이아인들은 대개 번식한 이들, 그중에서도 2세를인간형으로 빚어낸 이들이었다. 나는 숨어 살아남는길을 택했다. 나는 지구인처럼 생각할 때가 많았고, 가끔은 나를 둘러싼 동료들이나 친구들과 내가 다르다는 것조차 잊곤 했다. 그래서일까, 나는 전쟁이 끝나자주름을 신중하게 새겨 넣은 30대 여자의 얼굴로 폐허를 돌아다니기 시작했다.

"함경도 쪽이라, 날씨가 궂고 길이 나빠 상당히 고립되어 있다던데 어떻던가요?"

정희의 남편이 무릎 위에 앉힌 은이에게 죽을 떠먹이며 물었다.

"많이 좋아졌더군요. 오히려 워낙 산세가 험하다 보니 도시보다 피해가 적어요. 국경이 허물어지면서 많이들 중국으로 넘어가기도 했고……. 원산과 회령에는 제법 큰 병원이 섰습니다."

아직 병원이 없던 의주에서는 꽤 큰 빈집에 임시 진료소를 차렸었다. 벽이 군데군데 헐었지만 거실이 넓어 쓸 만한 집에 침대와 의자를 놓으며 누구 집이기에 사람이 하나도 없느냐 묻자, 많아야 열네댓 살쯤 되어 보이던 까무잡잡한 남자아이는 "가짜 인간이 할머니 행세를 하며 살던 집"이라며 바닥에 침을 뱉었다. 부자인 데다 남편과 자식을 먼저 보내고 아흔이 되도록 정정했으니 오래 산다는 페이아인이 아니고 무엇이었겠느냐고 했다. 전쟁에서 다친 뒤 제때 치료를 못 받아 잘린 다리가 아직껏 아프다며 온 남자는, 집주인이 남편을 잡아먹은 년이라 오른손을 잘라 산에 버렸다고 했다.

"그거 다행이군요. 마른하늘에 날벼락도 정도가 있지, 그놈들만 안 왔어도……."

그가 숟가락을 든 손에 힘을 주며 부르르 떨었다. 옆에서 정희가 남편의 손을 살짝 잡았다. 그는 10대이던 막냇동생을 전쟁에서 잃었다. 전쟁에서 가족을 잃지 않은 사람이 몇이나 되겠느냐마는, 흔한 비극이라 하여 아프지 않은 것은 아니란다. 정희는 그가 지금껏 사제 총을 날마다 닦는다며, 남편의 과잉 방어에 대한 염려 반, 가정을 지키겠다는 그 마음에 대한 안심 반으로 얼굴을 찌푸렸었다. 나는 김치 통을 응시하며 낮게 말했다.

"다 지난 얘기죠."

정희가 분위기를 수습하려는 듯이 낮의 화제를 다시 꺼냈다.

"병원이 많이 섰으면 순회 진료는 이제 그쪽 병원 의사들이 하면 되겠네? 정말 서울에 머물 생각은 없어?"

"그래요, 지윤 씨. 정희가 지윤 씨 걱정이 많습니다. 지윤 씨는 똑 부러지게 잘할 테니 걱정을 말라 해도요."

정희의 남편이 은이의 입가에 흘러내린 죽을 손가락으로 쓱 닦으며 거들었다.

"조만간에 어디든 자리 잡겠죠. 저도 4, 5년만 더 하고 연구소로 들어갈까 생각 중입니다."

"와, 아까는 왜 그 얘기 안 했어? 어쨌든 5년은 너무 긴 것 같은데?"

"아직 정해진 건 없어서. 자리 잡으면 연락처가 생길 테니, 전화번호 보내줄게."

나는 예상보다 빨리 개성에 있는 종합병원에 자리를 잡았다. 정희는 가끔 전화를 했고, 우편 요금이 다시 저렴해진 다음부터는 곧잘 편지를 보내왔다. 온 가족이 나란히 서서 찍은 가족사진 아래에 적힌 아직 좋은 사람 못 만났느냔 장난스러운 농담이나 서훈이가 제법 깔끔한 글씨로 쓴 '지윤이 이모 연하장'을 보며 나는 반백으로 염색한 머리를 쓸어 올렸다. 현장에서 오래 일한 경력에 대한 배려로 주어진 연구직은 대체로 한가했고, 나는 페이아인들이 보내온 메시지나 그 메시지를 분석한 논문을 읽으며 시간을 보냈다. 그간 경험으로, 혹은 전해 들어 알던 정보와는 비교도 할 수 없이 방대한 지식이 쏟아져 나왔다. 페이아인이라면 메시지를 본 순간 이해했을 법한 많은 정보가 '분석 불능' 딱지를 달고 있는 것을 보며 나는 이국의 학자며 군인들 중 지구인이 우리에 대해 알기를 두려워하는 페이아인이 몇 명이나 섞여 있는지 궁금해했다. 나 역시, 누구도 별로 관심을 기울이지 않을 논문 두 편을 내놓은 것 외에는 침묵을 지켰다.

나는 지구인의 형태를 띤 페이아인들의 발달 속도

와 정도가 조금씩 다른 이유가 개인차가 아니라 페이아 거주지와 달리 기술적 지원을 받지 못하기 때문이라든지, 페이아인의 기억이 완벽한 이유가 2세의 형태 결정에 필요한 정보 처리 능력과 관련이 있다든지, 페이아인이 처음 지구에 온 것은 지구 햇수로 1만여 년 전이라든지 하는 크고 작은 정보를 수백 년간 쌓인 기억과 맞추어나갔다. 그러는 사이 한 마을 주민들이 페이아인으로 몰려 일제히 학살당했던 현장이 발견되었고, 전쟁에 대한 사회심리학 연구가 이어졌으며, 종전 15년 기념 방송이 울려 퍼졌다. 15년은 16년, 17년이 되었다. 나는 안전한 연구실 벽 안에서 몇 년을 몇 분처럼 흘려보냈다.

전화로 간단한 안부를 묻거나 가벼운 화젯거리만 늘어놓곤 하던 정희가 바쁘겠지만 꼭 좀 와줬으면 좋겠다고 한 날, 나는 두말없이 기차에 올라 서울로 향했다.

"와줘서 고마워. 사실은 예전부터 너한테 말해야 하

나 고민 많이 했거든. 여기 병원에도 가봤지만 뾰족한 얘기가 없기도 하고, 같은 의사라도 아무래도 지윤이 널 더 믿기도 해서……."

정희는 말끝을 흐리며 시선을 작은방 문으로 돌렸다. 나는 눈에 띄게 지쳐 보이는 친구 부부의 안색을 살피며 물었다.

"무슨 일이야?"

남편의 손을 움켜쥐고 입술을 깨무는 정희를 대신해 남편이 말문을 열었다.

"은이가 이상합니다. 기형인 것 같아요."

전쟁 때 쓰인 온갖 무기 때문에 기형아는 전전(戰前)보다 훨씬 흔했다.

"입양할 때 건강 검진을 자세히 받지 않았습니까? 어떤 문제인가요?"

"직접 봐줘."

분홍색과 연두색 벽지가 발린 작은방에는 단출한 탁자와 아기 침대가 놓여 있었다. 나는 무엇이 문제인지 곧장 이해하지 못하고 곤히 잠든 아기의 얼굴을 바라보았다. 그리고 의아한 눈을 들어 정희를 돌아보려는 찰나, 은이가 아홉 살 아이임을 깨달았다. 나는 고개를 숙이고 몇 년 전과 별다르지 않은 아기의 눈, 코, 입, 작은 손발과 납작한 머리를 찬찬히 살폈다. 서훈이가 제 방에서 나와 아버지에게 무어라 말하는 소리가 들렸다. 정희가 방문을 살짝 닫았다.

"지윤아."

나는 크게 심호흡을 하고 정희의 근심 어린 얼굴을 마주 보았다. 눈가며 입가에 진 선명한 주름, 검버섯, 뿌리가 희게 센 머리. 그래, 정희는 이제 마흔을 훌쩍 넘긴 장년이었다. 나는 그 얼굴에 한 치의 오차 없이 기억하고 있는 스무 살, 스물한 살, 스물두 살…… 서른다섯 살 정희를 겹쳐보았다.

"내가 데려갈게. 다른 이상이 있는 건 아니야. 걱정하지 않아도 돼. 내가 돌볼게."

정희의 얼굴에서 핏기가 가셨다.

"내 딸이야. 어디로 데려간다는 거야? 지윤아, 뭐야? 죽을병이야? 내가 같이 있으면 안 되는 거야?"

은이는 정희보다 죽음에서 수십만 밤 멀리 있었다.

"페이아인이야."

딸을 뺏길까 겁이라도 난 듯 문가에서 침대 쪽으로 발을 내딛던 정희가 그 자리에 죽은 듯 멈추어 섰다. 나는 친구의 얼굴을 외면한 채 무감각한 목소리로 말을 이었다.

"앞으로도 자라지 않을 거야. 개인차가 있기도 하고, 애가 정확히 언제 태어났는지 모르긴 하지만, 최소한 십수 년은 아기 모습인 채로 있을 거야."

"네가 어떻게 알아? 그냥 기형일지도 모르잖아! 지윤아!"

"나도 페이아인이니까."

시선 끝에 뻣뻣하게 굳은 정희의 다리가 보였다. 그러나 눈을 잠시 깜박인 사이, 정희는 뒤돌아 문밖으로 달려 나갔다.

"여보! 지윤이가, 은이가, 지윤이가 페이아인이래요!"

식탁 의자가 넘어지는 소리가 들렸다. 나는 급히 은이를 끌어안고 방에서 뛰쳐나갔다. 현관까지는 일곱 걸음. 아직 시간이 있었다. 정희나 정희 남편이 당장 군부에 신고하거나 병원에 알리더라도 사람들이 곧장 정희네 말을 믿고 행동하지는 않을 터였다. 명동성당에서 신부로 있는 페이아인에게 도움을 청⋯⋯.

철컥.

나는 천천히 몸을 돌려 정희의 남편을 마주 보았다. 19년 동안 하루도 빠짐없이 닦았을 총구가 번쩍였다.

"애 내려놓으시오."

아이를 놓고 물러서면 총을 쏠까? 쏘지 않을까? 등을 보이고 달아날 수 있을까? 손에서 식은땀이 배어 나왔다.

"그냥 떠나게 해줘. 다시는 나타나지 않을게."

"은, 은이가 정말 페이아인입니까? 성장 기형 아닙니까? 은이는 정상적인 인간이란 말입니다! 멀쩡하게 생겼잖아요! 내 딸 내려놔요!"

그가 밀랍처럼 창백한 얼굴로 나를 바라보며 소리를 질렀다. 총을 쥔 손이 부들부들 떨렸다. 저 상태라면 총을 쏘더라도 빗나갈지 모른다. 아기를 집어 던져 혼란케 한 다음 문을 비틀어 열면 도망칠 수 있을 것이다.

"페이아인은 원래 천천히 자라요. 인간 육체로 한 살을 더 먹는 데 열 배, 스무 배의 시간이 걸리죠. 아무 피해도 끼치지 않을게요. 정희야, 그냥 보내줘. 제발."

정희가 남편 옆에 서서 깊이를 알 수 없는 눈으로 나를 바라보았다.

"너는, 너는 몇 살이야?"

심장이 미친 듯이 고동치기 시작했다. 나는 속눈썹으로 흘러내리는 땀을 닦는 대신 포대기를 움켜쥔 손에 힘을 주고 애써 침착하게 말했다.

"300년쯤 지났어."

정희의 남편이 헉하고 짧은 숨을 들이켰다. 정희가

다시 물었다.

"은이는?"

"3, 40년쯤?"

"지금까지 어떻게 살아남았어? 페이아인은 지구인보다 강하다는 게 사실이야?"

"아니."

나는 총을 곁눈질하며 고개를 저었다.

"인간과 똑같아. 맞으면 죽어."

"어떻게 살아남았소?"

"……배웠어요."

정희의 남편이 나와 은이, 그리고 정희를 번갈아 바라보았다. 총구가 서서히 바닥을 향했다. 나는 다리에 힘이 빠지는 것을 느끼며 서둘러 뒷걸음질 쳤다. 그때, 정희가 놀랍도록 차분한 목소리로 말했다.

"우리 딸에게도 가르쳐줘."

"뭐?"

"살아남았다며. 은이는 두고 가. 우리 아이야. 내 딸이야. 우리가 사라지고 은이만 남거든, 그때 데려가서 살려줘. 가르쳐줘."

"정희야."

침묵이 공기를 흔들고 은이가 칭얼대듯 눈을 떴다. 정희의 남편이 마른침을 삼키더니 입을 열었다.

"은이는 우리가 지킬 겁니다. 지금은요. 우리가 은이 부모예요. 은이는 모르겠지만, 어떻게든……."

나는 두 외계인의 얼굴을 응시하며, 수십만 하루가 지나도록 완전히 이해할 수 없는 그들의 감정에 대해, 수백만 명에게 총을 겨누고 온 땅을 피로 적신 다음에도 그들이 살아가는 내내 조금도 변하지 않을 아이 하나를 거두겠다는 외계의 인간다움에 대해 생각했다. 그리고 밤이면 나를 찾아오는 바로 그런 이방인들의 얼굴을 떠올렸다.

"은이도 알아요."

나는 포대기를 들고 정희에게 한 걸음 다가서며 속삭이듯 말했다.

"페이아인은 아무것도 잊지 않아. 수백 년이 지나도, 수천 년이 지나도."

정희가 천천히 아기를 받아 안고, 자신의 반평생 동안 그랬듯이 나와 눈을 맞췄다.

"그렇구나."

정희의 남편이 쥐고 있던 총을 힘없이 떨어뜨리고 아내의 어깨를 감싸안았다.

귀가

"졸업을 축하한다!"

고등학교 졸업식 하루 전, 평소와 다름없는 저녁 식
사를 마친 후였다. 그릇을 세척기에 정리해 넣고 차를
한잔 타서 식탁에 도로 앉았는데 어머니가 작은 봉투
를 내밀었다. 골동품 가게에나 있을 법한, 진짜 종이로
만들어진 봉투였다. 부모님이 기대에 찬 눈으로 나를
응시했다. 컵을 내려놓고 손을 뻗어 봉투를 집어 들었
다. 말로 설명할 수 없는 불안이 밀려왔다. 나는 부모
님의 시선을 의식하며 천천히 봉투를 열었다. 바스락
거리는 종이 소리가 낯설었다. 안에는 모서리가 해진,
반듯하게 접혔지만 깨끗하게 느껴지지는 않는 종이가

한 장 들어 있었다. 내키지 않는 손가락을 억지로 움직여 종이를 펼쳤다. 종이에는 내가 예상했지만 기대는 하지 않았던 글자가 쓰여 있었다. 부모님이 반응을 기다리고 있었다. 나는 보이지 않게 심호흡을 하고, 천천히 고개를 들어 억지웃음을 짓고 큰 소리로 말했다.

"후아, 놀랐어요. 이게 뭔가요?"

어머니가 흥분한 눈을 빛내며 내 손끝에 떨어질 듯 걸려 있던 종이를 가져가 식탁 위에 펼쳤다.

"지구에 있는 네 언니의 연락처야. 사실 재작년부터 알아보고 있었는데, 몇 달 전에 마침내 연락이 닿았거든. 졸업 선물로 마련했어. 지구까지 들어갈 수 있을지는 달에서 확인해봐야 알지만, 일단 달까지 가는 정기선은 예매해뒀단다. 졸업식 이틀 후에 출발해서 일주일 후에 돌아오는 일정이야. 우리도 함께 가면 좋겠지만 요즈음은 폭풍이 잦아서 그렇게 오래 관측소를 비울 수가 없으니……. 달에 도착하면 우리 대신에 화성 이주 관리소 분이 함께 계실 거야. 요새는 그런 프로

그램도 생겼다더구나."

아버지가 어쩐지 안도한 얼굴로 내 안색을 살피며 덧붙였다.

"괜찮겠지? 네가 얼마나 기억하고 있는지 모르겠지만, 늘 궁금해하지 않을까 마음이 쓰였다. 열일곱이면 적당한 시기라고 생각했고, 요즘은 지구와 달의 상황이 예전과 많이 달라졌다고들 하니 안전하게 다녀올 수 있겠다 싶었다. 부담스럽다면 물론 다음으로 미뤄도 괜찮아."

나는 차마 나와 색이 다른 두 쌍의 눈을 마주 보지 못하고 식탁 위에 놓인 종이로 시선을 돌렸다. 지구, 언니, 친가족. 순식간에 사라지는 모래 폭풍처럼 아득하고 막연했던 과거가 손에 단단히 잡히는 2차원적인 형태를 띠고 현재에 놓여 있었다. 나는 눈을 질끈 감고 마른침을 삼킨 다음 고개를 들었다.

"네, 가볼게요. 엄마 아빠, 신경 써서 준비해주셔서 정말 고마워요."

4년은 긴 시간이다. 나는 지구에서 3년을 살았고 1년을 우주선과 시설에서 보냈다. 어림잡아 내 인생의 4분의 1을 차지하는 기간이지만, 그 기억은 그다음 4분의 3의 시간 동안 보고 배운 것들로 기워진 조잡한 누더기와 같다. 그때 무슨 일이 있었는지를 나는 중학교에 입학해서야 배웠다. 지구와 달 사이의 정치적 긴장이 절정에 달했을 때, 원인 불명의 대폭발로 지구의 거주 돔들이 크게 파손되었다. 행성사 시간에 거대한 반구가 갈라지고 둔탁한 파편들이 날아다니는 영상 자료를 보았다. 나와 비슷하게 생긴 사람들이 낯선 구조물 사이를 어지러이 뛰어다녔다. 사람과 교통수단, 무너진 건물, 연기, 불길이 한데 얽혀 형체를 알 수 없이 한 덩어리로 타올랐다. 나는 내 몸을 세게 끌어당기던 손이나 폐허 구석에 숨어 지내던 추운 밤을 기억하지만, 그것이 온전한 나의 기억인지 해마다 수업 시간에 보았던 자료들이 만들어낸 환상인지는 스스로도 확신할 수 없다.

이 사고로 수많은 지구인이 죽거나 다쳤다. 달의 견제로 우주 개발에 거의 참여하지 못했던 지구에는 최신식 대형 여객선이 없었기 때문에, 살아남은 지구인들은 한 대에 몇백 명밖에 타지 못하는 낡은 우주선을 끌어내 중립 지대인 화성으로 출발했다.

거의 1년 동안 화성에는 꾸준히 난민선이 떨어졌다. 많은 난민선이 착륙 도중에 폭발하거나 불시착 과정에서 파손되었고, 길고 열악한 항해 동안 선내에서 사망한 사람들도 적지 않았다. 정확한 인명 피해 규모는 아직도 파악되지 않고 있다.

화성과 달에는 이들을 애도하는 추모관이 있다. 고등학교 1학년 때 학교에서 두 시간 거리에 있는 추모관으로 단체 관람을 갔었다. 항해 도중 버려진 시신들에서 수습한 옷가지, 불시착한 난민선에서 떼어냈다는 거대한 고철, 난민선이 떨어진 위치를 표시한 화성 모형 등이 전시되어 있었다. 우주에 버려진 시신이 너무 많아서, 화성에서 청소선을 올려 보내 시신을 거둬들여야 했다고 한다. 우리는 추모관 강당에서 행성사 수업 시간에 몇 번이나 보았던 지구의 비극을 더욱 길고 상세하게 설명하는 영상 자료를 다 함께 시청했다. 지금은 은퇴한 청소선장이 자기가 처음 수습했던 여덟 살 남짓한 지구 소년의 시신에 관해 이야기했다. 몇몇 아이는 눈물을 흘렸고, 상영이 끝나자 상기된 얼굴로 나에게 다가와 저 거대하고 강렬한 비극을 기억하는지 물었다. 나는 화성인과 다른 골격이며 작은 키, 모래바람을 잘 막지 못하는 얇은 외까풀 눈 때문에 비극의 주인공이자 운 좋은 생존자로서 주목받을 수밖에 없었다. 나는 사뭇 진지한 얼굴로 고개를 젓고, 눈앞에서 보았던 엄청난 폭발을 극적으로 묘사하고 있는 지구 출신의 추모관 직원에게로 시선을 돌렸다.

내 방 옷장 구석에 놓인 상자에는 내가 난민선에서 내릴 때 입고 있었다는 빛바랜 옷가지가 들어 있다. 갑자기 늘어난 인구를 관리하기 위해 화성 정부는 6세

미만이거나 60세 이상인 난민을 가정에 위탁하고 세금 감면 혜택을 주는 정책을 도입했다. 근처에 난민선이 불시착한 거주 구역의 주민들은 대체로 자발적으로 이 정책에 참여했다. 부모님은 네 살인 나를 받아들였고, 일곱 살이 되자 지구인 거주지에 돌려보내는 대신 입양하기로 결정했다. 어머니가 폭발 때 생긴 상처라고 설명한 귓등의 흉터와 옷장 구석에 숨듯이 놓인 상자가 내 4년을 설명하는 전부였다. 어제까지는.

어머니가 손에 도로 쥐여준 종이를 손가락 끝으로 펴서 책상 위에 올려놓았다. 우주항 검역을 통과했으니 분명히 아무것도 묻어 있지 않을 텐데 쉽게 손이 가지 않았다. 지구어 사전에 접속해 종이에 쓰인 단어들을 하나씩 찾아보았다. 화성과 달에서 쓰이는 공용어가 지구어에서 유래했다고는 하나, 다양한 지구어를 제대로 이해하기란 평범한 화성인에게는 거의 불가능한 일이었다. 중학교 2학년 때 외국어 선생님은 내가 지구어 시험에서 낮은 점수를 받자 이해할 수 없다며 나를 불러냈다. 그러고는 나를 가만히 쳐다보더니 문득 안쓰러운 표정을 짓고 고개를 끄덕이며 내 머리를 쓰다듬었다. 나는 단지 지구어를 포함해 언어에 그다지 재능도 관심도 없었을 뿐이었다.

종이에 쓰인 단어들은 사전을 검색해도 잘 나오지 않았다. 나는 뜻 찾기를 포기하고 음가를 찾아 '언니'의 연락처를 발음 기호대로 읽어보았다. 맨 위에 쓰인 것이 이름 같았다. 목에 걸리는 듯 어색하게 발음되는 단어였다. 활동복 없이 모래바람을 쐰 듯 목이 메서, 나는 종이를 패널 끄트머리로 밀어내고 책상에서 일어났다. 달에는 중학교 졸업 여행 때 가보았다. 인공 거주지라는 점에서는 화성과 마찬가지이고 먼저 개발된 곳답게 편의 시설이 잘되어 있으니 꼭 필요한 물건만 챙겨 가면 충분하리라. 짐을 싸려고 옷장을 열자, 작은 상자가 눈에 밟혔다.

"만나서 반가워요. 달에는 초행인가요?"

월인답게 훤칠한 남자가 어깨를 두드려 인사를 하고 톡톡 끊어지는 공용어로 물었다. 나는 어색하게 손을 뻗어 인사에 답하고 두 번째라고 했다.

"그렇군요. 하긴 화성에서는 학생들이 단체 여행을 많이 오니까……. 지구에서 몇 살에 나왔는지 기억해요?"

"세 살 때요."

"흐음, 그럼 기억은 거의 안 나겠네요. 요새는 지구와 달 사이에도 정기선이 있어서, 만약 그쪽 가족도 만남을 원한다면 내일이나 모레 정기선을 타고 올 거예요. 일단 학생 부모님이 지구인 가족의 연락처를 구해놓고 비용까지 부담하시는 경우니까, 아마 가족을 만날 수 있을 거예요. 신원 조회는 통과했거든요. 군인 같은 복잡한 경우가 아니고 민간인이니 아마 괜찮을 거예요. 며칠 기다려야겠지만 너무 긴장하거나 걱정하지 말고, 학교에서 왔을 때는 못 봤던 곳들 구경하면서 편하게 지내요. 지구어는 할 줄 알아요?"

"아니요."

"좀 할 줄 알면 좋은데. 제가 통역을 하겠지만……."

그가 고개를 기울이고 목덜미를 톡 두드리더니 말을 이었다.

"기본 회화 몇 가지 보냈으니까 시간 나면 한번 읽어 봐요. 막상 만나서 말이 안 통하면 엄청 답답하거든요. 그런 경우도 실제로 봤고……. 한두 가지만이라도 외워놓으면 좋겠죠."

도로가 멈추고 숙소의 문이 열렸다. 화성과 달리 달에서는 모든 것이 ──사람까지도── 높이 솟아 있어서인지 부유하는 듯한 감각이 느껴졌다. 어쩌면 지금의 기분 탓일 뿐인지도 모르지만. 내가 무심결에 왼쪽 귓등을 만지작거리자, 이주 관리소 직원이 오해했는지 덧붙였다.

"걱정하지 않아도 돼요. 요새는 분위기가 괜찮아요. 언제 어떻게 달라질지 모르지만 지금은 괜찮은 시기죠. 지구에 가지는 못해도 달은 안전하고, 지구 출신들도 달에 좀 살고 있으니까 화성에서처럼 편하게 다녀요."

침대에 걸터앉아 관리소 직원이 보내준 기본 회화 목록을 펼쳤다. 공용어, 지구어, 발음기호 순으로 스무 문장 정도 되는 목록이 나타났다. 안녕하세요, 반갑습니다, 잘 지냈나요, 저는 건강해요, 보고 싶었습니다, 고마워요, 미안해요, 사랑해요……. 오디오를 켜고 목록 전체를 반복 재생해보았다. 계속 듣다 보면 조각난 기억의 어딘가가 이어져서 마치 원래 지구어를 할 줄 알았던 것처럼, 언젠가 들었던 말을 기억하듯이 이 낯선 언어를 이해할 수 있을지도 모른다는 생각이 들었기 때문이다. 하지만 몇 번을 들어도 아무것도 떠오르지 않았고, 나는 오디오를 끄고 베개에 얼굴을 묻었다.

행성사 시간에 거주 돔이 만들어지기 전 지구의 구 대륙에서는 언어로 정체성을 확립했다고 배웠다. 우리는 각 거주 구역 주민들 간이나 화성인과 월인 간의 공용어 발음 차이도 이처럼 정체성을 나타낸다는 견해에 관해 토론을 했다. 당시 우리 반에는 동부에서 이사 온 여학생이 있었다. 거주 구역 사이의 이동은 드문 일이라 꽤 화제가 되었는데, 그 아이는 말끝을 세련되게 톡 자르며 발음이나 억양의 차이는 개인의 정체성과 무관하다고 역설했다. 나는 그 기세와 키에 눌려, 그리고 조금 부끄러워서 아무 말도 하지 못했다.

생김새는 사뭇 달라도 부모님과 비슷한 발음으로 부모님 같은 말투로 말한다는 사실은 내게 적잖이 위안이 되었었다. 누구에게도 말한 적 없지만, 정식으로 입양되기 전인 여섯 살 때, 나는 내 방에 걸린 거울을 보며 부모님의 말투나 행동을 흉내 냈었다. 패널을 쥘 때 왼쪽으로 조금 기울였다가 오른쪽으로 반 바퀴 돌리는 어머니의 습관이나, 긴 이야기를 시작하기 전이면 눈을 몇 번 깜박이는 아버지의 버릇을 그대로 따라 하며 시간을 보내곤 했다. 나는 지금까지 아무도——부모님도——이 사실을 모른다고 믿고 싶다.

사흘 뒤, 이주 관리소 직원에게서 다시 연락이 왔다. 전날 나의 '친언니'가 지구에서 보안 검색을 통과하고 정기선을 탔으니 오후에 만나게 되리란다. 그의 경쾌한 목소리가 방을 울렸다.

"그러게 걱정하지 않아도 된다고 했잖아요. 기본 회화는 다 외웠어요? 무슨 말을 할지는 생각했고요?"

나는 내가 무엇을 걱정했는지도 모르는 채 애매하게 고개를 기울였다. 왜 여기까지 온 걸까? 그리고 대체 세 살에 헤어진 친언니를 만나서 무엇을 확인하고 싶은 걸까? 부모님은 처음부터 나의 과거와 관련된 자료를 차곡차곡 모아왔다. 언젠가는 궁금해할지도 모른다고, 기억하지 못하는 시기도 네 인생의 일부이니 설명을 구할 날이 올지 모르니까 버려서는 안 된다고 했다.

나는 부모님이 어째서 그 상자 속의 옷가지나 내가 타고 왔던 난민선에 대한 자료들을 버리지 않는지 알 수 없었다. 나와 부모님을 어색하게 번갈아 보는 사람들 앞에서 거침없이 내 어깨를 감싸안고 딸이라고 소개하면서도, 한편으로는 나와 동승했던 난민들을 만나고 지금까지도 꾸준히 지구의 이산가족 데이터베이스를 일부러 구해 확인해보는지 이해할 수 없었다.

부모님은 분명히 나를 사랑했지만, 기억하지 못하니 슬프지도 않다는 나의 말만은 믿어주지 않았다. 그럴 때면 화성의 단단한 대지 위에 견고하게 자리 잡은 집의 내 방 바닥이 아니라, 내 무게를 감당하기에는 턱없이 약하고 작은, 옷장 속 상자 위에 혼자 서 있는 듯한 기분이 들었다.

나는 어떤 설명을 구하고 있는 걸까? 내가 왜 난민선에 탔는지? 어떻게 난민선에서 내렸을 때 고작 세 살배기인 내가 혼자 있었는지? 지구는 혼란스러웠고 많은 사람이 죽었다. 나는 그중에 살아남은 사람일 뿐이었고, 과거에 대한 설명이라면 그것으로 충분했다.

이주 관리소 직원은 괜찮다고 했지만, 만남의 장소는 결코 편안한 분위기는 아니었다. 보안 검색을 다시 거친 다음 폐차물이 없는 투명한 칸막이들로 나누어진 넓은 공간에 들어갔다. 칸막이 너머로 다른 사람들이 겹쳐 보였다. 지구 출신으로 보이는 사람이 많았지만 월인도 몇몇 섞여 있었다. 뻣뻣하게 굳은 표정의 사람들을 보며, 나도 지금 다른 사람들 눈에 저렇게 긴장한 것처럼 보일지 궁금해졌다. 달의 구조물치고는 이례적으로 공간이 넓기 때문인지 여기서는 내가 작다는 느낌보다 이곳이 크다는 느낌이 먼저 들었다. 내가 작은 것이 아니라, 과거가 너무 거대하고 너무 멀었다.

내 칸막이 건너편으로 젊은 여자 두 명이 들어왔다. 둘 다 내 또래라기에는 나이가 많아 보였다. 독특한 옷을 입은 여자에게 먼저 눈길이 갔는데, 그 여자는 칸막이 코앞까지 왔다가 돌아갔다. 옆에서 이주 관리소 직원이 속삭였다.

"지구인에 관해서는 통제가 더 엄격하거든요. 저에게 상황을 인계할 때까지 지구인 옆에 보안 요원이 동행하는 게 원칙이에요."

조금은 기습당한 기분으로, 깔끔한 월인풍 정장을 차려입은 여자에게로 시선을 옮겼다. 눈이 마주쳤다.

그가 칸막이 앞으로 손을 뻗으려다 말고 입을 열어 무어라 말했다.

"안……녕."

나는 지난 며칠 사이에 몇 번이나 되풀이해 들었던 그 간단한 지구어를 한발 늦게 알아들었다. 그의 얼굴을 찬찬히 뜯어보았다. 나보다 대여섯 살 많아 보이는 얼굴이었다. 나와 비슷한 키에 지구인의 외까풀 눈. 끝을 깔끔하게 말아 올린 가느다란 회갈색 머리카락과 단정한 얼굴. 손목에 차고 있는 패널과 왼쪽 귓등에서 반짝이는 은빛. 그제야 나는, 내가 마치 역사 교과서의 한 장면에서 걸어 나온 듯한, 폐허에서 갓 빠져나온 허름하고 먼지투성이인 소녀를 기대하고 있었음을 깨달았다. 그럴 리가 없는데. 내 앞에 선 사람은 내가 화성인의 옷을 입고 화성인답게 생각하는 화성인인 것과 꼭 마찬가지로 폭발의 날을 14년 전에 흘려보내고 살아온 아가씨였다.

옆에서 이주 관리소 직원이 속삭였다.

"인사해야죠."

"아."

내가 정신을 차리고 입을 열었다. 습관대로 공용어를 꺼내려다가, 퍼뜩 떠오른 지구어로 답했다.

"반갑습니다."

나처럼 칸막이 너머를 유심히 살피던 맞은편 사람이 눈을 깜박이더니 눈물을 떨어뜨리기 시작했다.

"키가 크네."

나에게 할 말을 준비해왔는지 몇 번이나 눈물을 닦고 손에 쥔 구겨진 종이를 들여다보던 언니가 목에 걸린 숨을 뱉어내듯 쉰 소리로 말했다. 태어나서 처음 듣는 키가 크다는 감상에 나는 눈을 끔벅이며 어색하게 고개를 끄덕였다. 언니는 진정하려는 듯 가슴을 꽉 누르더니 반쯤은 이주 관리소 직원 쪽으로 시선을 주고 단조롭게 들리는 지구어로 말을 시작했다.

내가 난민선에 탄 것은 14년 전, 언니가 여섯 살이

고 내가 세 살이던 해였다. 나에게는 부모님과 언니 두 명, 오빠 한 명이 있었다. 우리 가족이 살던 곳은 거주돔 폭발 지역에서 상당히 멀었고 우리가 어렸기 때문에, 처음에 부모님은 피난할 생각이 전혀 없었다. 폭발로 인한 소요와 혼란이 확산되자 뒤늦게 피난 행렬에 동참했기 때문에 준비가 부족했고, 부모님은 소요에 휩쓸려 돌아가셨다. 맏언니와는 도중에 헤어졌는데 참사 후 몇 해가 지나 만들어진 이산가족 데이터베이스에 사망자로 올라왔다고 한다. 나를 난민선에 태운 사람은 오빠였다. 둘째인 오빠는 당시 제일 어린 나를 태워 보내고 셋째인 언니와 함께 있어야 가장 안전하겠다고 판단했다. 그때 달에서 지구인이 탄 난민선을 폭파할지도 모른다는 소문이 돌았기 때문에 오빠는 내 귓등에 달린 지구인 아이디를 뜯어냈다. 지금 생각하면 구형 우주선만 보아도 지구 것이 명백한 데다 외모도 월인이나 화성인과 다른 지구인이니 그런 상황에서 아이디를 뜯어낸다고 통과되었을 리가 없지만, 당

시 겨우 열한 살에 불과했던 오빠 생각에는 그렇게라
도 해야 한다 싶었던 것이다. 이 이야기들은 온전히 언
니 자신의 기억이라기보다는 오빠에게서 들은 것이 섞
여 있다 했다.

내가 습관적으로 만지작거렸던 귓등의 상처는 역사
적인 폭발의 흔적이 아니라 내가 기억하지 못한 가족
과의 연결고리였다. 나는 그 말을 들으며 이제 습관이
된 대로 귓등을 만지작거렸다. 사라지지 않은 그 흉터
뒤에는, 나는 잊어버렸지만 어딘가에서 누군가는 기억
하고 있던 과거가 있었다.

오빠와 언니는 다른 난민선에 타려고 했지만 자리
가 없었고, 그래서 피난 행렬을 따라 돔 외곽으로 가
서 상황이 진정되기를 기다렸다. 그 뒤 지구의 상황에
관해서는 "아마 네가 아는 그대로일 거야"라고 언니가
차분히 말을 맺고 두 손을 무릎 위에 올렸다.

달에서 며칠을 지내는 동안 적잖게 마주쳤던 지구인

들과 별반 다른 데가 없는 '언니'의 입을 통해 나도 모르는 내 이야기를 듣는 것은 기묘한 느낌이었다. 언니에게 그때의 일은 선명하게 각인되어 지금까지 끝나지 않은 인생의 일부가 된 듯했다. 기억하는 자의 확신과, 그 확신에 바탕을 둔 격렬한 감정은 칸막이를 넘어 나에게까지 전해져왔다. 언젠가는 설명을 원하게 되리라던 부모님의 말씀을 나는 마침내 조금씩 이해하기 시작했다. 스무 살 지구인의 모습을 한 과거를 마주하고서야, 나는 나의 오늘과 내일을 받치고 있던 어제가 얼마나 모호했는지 깨달았다. 그는 살아 있어서 다행이라는 말을 울먹이며 몇 번이나 되풀이했다. 내가 그녀를 낯설어하듯이, 작아서 잃어버릴까 봐 걱정했던 막내가 다 큰 어른이 되어 나타난 것을 그도 낯설어했다. 솔직히 난민선을 타고 가는 길에 죽었으리라고 생각했다는 말도 꺼냈다. 내가 상자에서 꺼내서 한 번도 유심히 살펴보지 않았던 아기 옷 안감에 온 가족의 이름과 나이를 써넣은 것은 맏언니의 아이디어로, 오래전에 어디론가 사라진 언니의 옷에도 내 이름을 포함해 가족들의 이름이 모두 쓰여 있었다고 했다.

여전히 무엇을 물어야 할지 알 수 없었다. 언니가 오빠의 안부에 관한 화제를 꺼내지 않는 것을 파고들 생각은 없었다. 나는 그러지 않을 만큼은 나이가 들었다. 나는 머뭇거리다가 지금 언니는 무엇을 하느냐고 물었다. 언니는 거주지 보수 현장에서 줄곧 일했고 재작년부터는 건물 보수와 관련된 무슨 공부를 하고 있다고 했다. 통역을 해주던 이주 관리소 직원이 공간이 넓은 화성에서는 사용하지 않는 형태의 건축물에 관한 이야기라고 설명했다. 언니가 내게 정말 지구어가 하나도 기억나지 않느냐고 물었고, 나는 사흘 동안 몇 번들은 지구어로 죄송합니다—라고 말했다. 언니가 눈물을 닦았다.

화성인인 내가 지구에 가기는 아직 어렵다. 달과 지구 사이는 내가 알지 못하는 복잡한 관계로 인해 부침을 거듭하고 있고, 지구는 아직 타 행성인이 머무를 수 있을 만큼 회복되지 못했다. 그리고 마치 회화 오디오를 들어도 지구어가 떠오르지 않고 언니를 보아도 기억 속의 낯익은 얼굴을 기적적으로 알아보지 못하듯이, 언젠가 지구에 간다고 해도 그곳에서의 생활이나 가족을 생각해내지는 못할 것이다. 하지만 자세히 뜯어보면 단지 지구 출신이라는 것 이상으로 나와 비슷한 데가 있는 얼굴을 칸막이 너머로 몇 시간 동안 쳐다보고, 달에서 지는 지구를 바라본 다음 화성으로 돌아가면서, 나는 기억이 없다는 것이 과거나 설명이 없다는 말과는 다르다는 사실에 관해 생각했다. 그리고 참사, 비극, 고통처럼 추모관을 장식하던 거창한 단어들을 떠올렸다. 낯익은 붉은 폭풍이 몰아치는 행성을 내려다보며 가족, 이해, 미래, 돌아감과 나아감에 관해 생각했다.

궤도선이 천천히 내려앉더니 이윽고 멈추었다. 우주항의 출구를 나서자 기다리고 있던 부모님이 나를 금

세 발견하고 일어섰다. 아버지가 몇 번 입술을 달싹이더니, 우리 사이의 틈을 메우듯 성큼성큼 다가와 내 손을 당겨 잡았다. 차갑게 가라앉은 공기가 물컹한 젤리처럼 밀려난 공간에, 희미하게 온기가 퍼졌다. 나는 가방을 천천히 내려놓고, 나보다 훨씬 길고 큰 아버지의 손을 감싸 쥐었다.

부모님 등 뒤, 높은 창으로 푸른 노을이 펼쳐지고 있었다.

도약

우리 중에 그 소리를 처음 들은 사람은 내가 아니라 H였다. 하필 자기가 그 소리를 제일 처음 들은 것이 H에게도 달가운 일은 아니었겠지만, 나는 다른 사람도 아닌 H 같은 자식에게 선수를 빼앗겼다는 사실이 내심 분했다. 나였다면 대번에 알아들었을 텐데.

창문에 가장 가까운 구석 자리에 앉아 햇볕이 따갑다느니 창문이 활짝 열리지 않아 답답하다느니 불평을 늘어놓고, 서류도 양식 맞춰 워드로 작성해 이메일로 제출하면 될 것을 굳이 브레인스토밍 운운하며 산림을 학살하던 H가 우리 사무실의 첫 타자라니, 억울하게 생각하기 시작하면 이만큼 억울한 일도 없다. 저

미친 줄 알고 남몰래 상담소를 찾으며 비쩍비쩍 말라 가던 H를 보며 다이어트 잘되나 보다, 하고 부러워했던 데까지 생각이 거슬러 가면 짜증이 나서 새로 생긴 더듬이 아래 살이 삐죽 하고 솟아오르는 느낌이 든다.

입이 없어지기 전에 자연스러운 자연론(?) 신도이던 H에게 '이봐요, 당시 자리가 따뜻한 건 햇볕도 햇볕이지만 활짝 안 열리는 창문이 온실효과를 내준 거예요. 온실효과였다고요. 그린하우스 이펙트, 몰라요? 고등학교에서 안 배웠어요?'라고 내키는 대로 쏘아붙이지 못한 것은 아직도 아쉽다. '그 소리' 전에 느꼈던 어지간한 감정은 '그 소리'와 함께 나타난 새로운 감정에 덮여 거의 다 사라졌는데, H에 대한 불만은 아직도 이렇게 남아 있다니 신기할 지경이다.

어쨌든 시작은 소리였다. 희미한 고주파 음 같은 것이 들리기 시작했다. 왜, 예전에 잠깐 유행했던 엉터리 '청각 연령 테스트'에서 한참 젊은 애들이나 들을 수 있다던 그 높은 음파의 소리 말이다. 처음에는 사무실 근처에서 공사라도 하나 했다.

이 동네 사람들은 늘 무언가를 짓거나 부수거나 뜯어고쳤다. 빈티지니 앤티크니 하며 원목 가구를 놓고 천장을 눈의 피로를 덜어주는 초록색으로 칠하더니, 그다음에는 건물마다 창문을 크게 내고 강화유리를 시공했다. 그 소리가 날 즈음에는 다시 창틀마다 화분을 놓는다고 난리였다. 그대로 살았다면 아마 4, 5년 뒤에는 또다시 시크한 도시 감성 운운하며 대단히 새로운 일이라도 하는 양 유리창을 새로 설치했을지도 모른다.

물론 이제는 아무도——최소한 남아 있는 사람들은——더 이상 그러지 않는다. 이제 사람들은 건물의 껍데기를 바꾸는 일에 집착하지 않는다. 우리는 더 이상 우리가 들어간 건물이 아니다. 우리의 몸 자체이다. 사람들은 몸으로 만들어낼 수 있는 것이 아니라, '몸을 통해' 만들어낼 수 있는 것에 집중하기 시작했다.

그 현상이 소리에서 시작했기 때문에 처음에는 대부분 더듬이에 제일 힘을 주었다.

H의 더듬이는 귀 뒤에 돋아났다. 처음에는 작아서 머리카락으로 열심히 덮고 다녔으니 아무도 몰랐지만, 곧 머리카락으로도 어찌할 수 없을 만한 크기로 삐죽 자라났다. 아주 섬세하고 예쁜 은빛 더듬이였다. 이런 표현은 이상할지 모르지만, 마치 처음 들려오기 시작했던 '그 소리'에 형체를 부여해 찍어낸다면 저렇게 생겼겠다 싶은 모양이었다. 바람이 불면 흔들리기까지 했다! 어쩌면 내가 H에 대해 지금까지도 가끔 느끼는 짜증은, H에게 그런 더듬이를 만들어낼 만한 감성이 있었다는 사실을 몰랐던 자신에 대한 분노인지도 모른다.

내 더듬이는 H의 더듬이가 회사 사람들에게 들통나고 며칠 뒤에 정수리에 불쑥 돋아났다. 위치도 위치인데다 처음부터 큼지막해서 숨기고 어쩌고 할 것도 없었다. 짜리몽땅하고 위에 둥그런 구가 붙은 형태였다.

나의 디지털 감성이 이런 형태를 띨 줄은 몰랐지만, 거울 앞에 고개를 숙이고 더듬이를 자세히 들여다보니 특히 구 부분이 마음에 들었다. 일그러지거나 튀어나온 데 없이 완벽하고 매끈한 구였다. 더듬이가 생긴 다음부터는 360도 사방에서 일어나는 일들을 듣고 볼 뿐 아니라 전달할 수 있었다. 더듬이가 완성되고 보니, 나는 허브 역할을 하는 사람 중 하나였다. 정신을 집중하고 들어오는 정보에 마음을 실으면 증폭할 수도 있었다. 그 때문에 정보 소화력이 낮은 사람들에게는 시끄럽다는 말을 가끔 듣지만, 많은 것을 보고 해독할 수 있는 더듬이가 주는, 예전과 분명히 '다른' 즐거움이 있었다.

더듬이 다음으로 사람들이 관심을 갖기 시작한 부분은 빛이었다. 소리와 신호에 반응해 번쩍번쩍 빛나는 불들이 여기저기 생겨나기 시작했다. 처음에는 컴퓨터를 비롯한 주위의 기계에 반응해 몸에 불이 들어오니 정신 사나워서 일을 못 하겠다는 불평이 있었다.

사람마다 속도 차이가 있다 보니 정리되는 데 시간이 좀 걸렸지만, 아무도 컴퓨터 앞에 앉지 않고 모두가 자신의 몸으로 일하는 지금 우리에게 들리는 소리, 들리지 않는 소리, 생각이 내보내는 신호들이 시각 자극으로 바뀌어 사이보그의 몸을 타고 반짝이는 모습은, 아름답다. 내 더듬이는 시각 자극도 모두 청각화해서 송출하는 유형이라, 시끄럽기는 해도 눈부시지는 않다. 내 몸에서 빛을 내는 부분은 손바닥과 발바닥 정도이다. 나의 광 신호는 소박하다. 지금도 계속 바뀌고 있는 몸이니 언젠가는 여기저기서 빛이 날지도 모르지만.

사이보그가 되면서, 내 몸은 받아들일 뿐 아니라 내보내는 존재가 되었다. 예전에 내가 갖고 있던 오감은 내보내기보다는 받아들이는 것이었다. 눈으로 보고 귀로 듣고 코로 냄새 맡고 혀로 맛보고, 내보낼 길은 입하나뿐이었다. 더 많이, 더 멀리, 더 많은 사람에게 내보내려면 기계를 통해야 했다. 나에게 들어온 많은 신호가 밖으로 다시 나갈 기회를 얻지 못하고 말랑말랑

한 몸속에 묻혔다. 너무 많은 경험이 순식간에 과거가 되어 여기가 아닌 저 어딘가, 망각과 낭만의 세계로 던져졌다.

이제 내 몸은 받아들이는 동시에 내보낸다. 우리 모두가 그렇다. 입은 하루아침에 사라졌지만, 자연스러웠다. '그 소리'가 들리기 전부터 우리는 입으로 거의 말하지 않았다. 입으로 하는 피상적인 말보다 훨씬 더 많은 이야기를 입 꾹 다물고 모니터를 보며 손가락을 이용해 서로에게 하고 있었다. '그 소리'에서 시작된 변화는 우리에게 인간은 한 번도 경험하지 못했던 출구가 되었다.

기계화된 온몸이 동시에 받아들이고 해독하고 내보내고 전파하는데, 무엇 하러 입이 또 필요할까? 내 몸이 악기가 되고 말이 되는 과정을 거치고 보니, 입으로 하는 말이란 참으로 불완전한 도구였다. 지금보다 못한 도구였는지는 모르겠다. 입밖에 없던 시절에 입으로 전했던 것들도 있었다. 채 못 한, 입속에 남은 말을 쓸쓸히 곱씹던 기억도 선명하다. 그러나 온몸으로 내보내는 신호의 직관적인 우아함이란!

사이보그가 되면 기계에 싣는 감정 자체가 딱딱하고 인공적인 무엇으로 물화(物化)해버릴지도 모른다는 말이 있었다. 그렇지만 그런 일은 일어나지 않았다. 본능적인 감정들은 사라지지 않았고, 다른 방식으로 계발되고 나타났다. 이 확신은 금세 찾아왔다.

조금 더 구체적으로 말하자면, 더듬이가 생기고 나서 싫든 좋든 주위의 온갖 신호를 모두 받아들여 해석할 수 있게 된──단도직입적으로 말하면 내가 자기를 얼마나 재수 없어 하는지를 알 수 있게 된──H가 (이미 사실상 쓸모가 없던) 내 컴퓨터에 깽판을 치자, 새 컴퓨터를 사는 편이 나을지 어차피 다들 기계화되는 중이니 기다려보는 편이 나을지를 판단하기 위해 우리 사무실에 내려온 설비 담당 K를 본 날, 찾아왔다.

K의 더듬이는 팔에 나 있었다. 팔꿈치에서 갈라져

나온 큼지막하고 갈퀴 같은 더듬이는 팔과 같은 방향
으로, 위가 아니라 아래를 향해 있었다. 얼핏 보면 팔
이 세 개가 된 것 같았다. K를 보자마자 내 더듬이의
구가 반응하기 시작했다.

당시에는 미처 알아보지 못했지만, 돌이켜보면 K는
그때 이미 빛을 내고 있었다. 아직 −4.5디옵터인 눈을
주로 쓰고 있던 내게 잘 보이지 않았을 뿐이었다. K가
밟고 선 바닥의 타일을 따라 빛이 나는 것 같았다(아
마 실제로 났겠지). 나의 더듬이는 확실히 반응했다. 징,
하고 K가 움직이는 방향을 따라 공기가 흔들리며 환
한 느낌이 들었다. 어디선가 건반을 가볍게 두드리는
듯한 소리가 들려왔다. 내 귀는 잡아내지 못한 그 소리
는 더듬이에 파동으로 들어와 소리로 인식되었다.

K가 내 파티션 안을 휙 둘러보고 말했다. 아니, 이
시대의 말하는 방식을 정확하게 묘사하자면, 전음(轉
音)했다.

"필요 없겠네요. 아예 치웁시다."

K의 시선은 나를 향하고 있지 않았다. 무엇을 보고 있는지 알 수 없었다. 컴퓨터와 나와 우리 사무실을 가득 채운 소리와 (K에게는 보였을) 광 신호들을 보고 있었을지도 모른다. H가 먼저 변한 데 의기소침했던 나지만, 분명히 나보다 몇 단계 더 변한 K에게는 거부감이 들지 않았다. K의 거대한 갈퀴더듬이는 K의 존재를 세상으로 여는 문이자 K를 지키는 문지기였다. 견고하고 확신에 차 보였다. K가 우리 사무실에 들어온 순간부터 뿜어내던 감정처럼. 우리 모두가 갑자기 겪기 시작한 이 모든 육체적인 변화가 마치 그에게는 더없이 자연스러웠던 것처럼.

"좋습니다."

K가 답하기 전에 내가 아무 말도 하지 않았다는 것은 중요하지 않을 뿐 아니라, 틀린 회고이기도 하다. 나는 온몸으로 비명을 지르듯 K에게 외치고 있었다. 사무실 사람들이 모두 다 알 만큼 K에게 그를 얼마나 매력적이라고 생각하는지 전했던 것이다. 우리는 아주

짧은 시간에 아주 많은 감정을 표현했다.

여기까지 생각해보니, 홧김에 내 컴퓨터를 망가뜨린 H에게 고마워할 일도 하나 있는 셈이다.

입이 사라진 것은 K를 만나고 열흘쯤 뒤였다. '그 소리'가 들리기 시작한 지는 서너 달 되었을 때였다. 우리는 빨리 변했다. 아니, K는 아주 빨리 변했다. 처음 보았을 때 나는 K의 갈퀴더듬이를 세 번째 팔이라고 생각했었다. 아날로그적인 몸에 갇힌 좁은 생각이었다. K의 갈퀴더듬이는 사이보그의 첫 번째 팔이었다. 이 깨달음에 감동하며 K의 옆에 웅크리고 잠들었던 다음 날 아침, 입이 사라져 있었다.

"밥은 앞으로 어떻게 먹어?"

아침에 일어난 K가 나를 흘끗 보더니 말했다.

나는 아주 오래전부터 입이 없었던 것처럼 대꾸했다.

"안 먹어도 될 것 같아."

K가 고개를 끄덕였다. 몇 시간 뒤, K의 입도 사라졌

다. 그래, K는 적응이 빨랐다.

'그 소리'에서 시작된 변화는 조용히 퍼졌다. K가 고장 난 컴퓨터를 보러 왔던 것이 얼마 전 일인데, 어느새 사람들은 사무실의 집기가 망가지든 말든 신경 쓰지 않았다. 아니, 기계가 망가지면 몸을 바꾸어 그에 대응했다. 우리의 몸 자체가 기계일 수 있음이 자연스러워질수록, 변화도 쉬워졌다.

사무실은 조용하고 평화로워졌다.

원래는 전화 통화와 회의가 많은 직장이었다. 쉴 새 없이 전화벨이 울리고 팩스가 드르륵거리고 복사기는 회의 자료를 토해내던 곳이었다. 복합기에 또 종이가 걸렸다는 욕지거리도 하루에 한두 번은 들렸다. 눈치 없는 스마트폰들의 짹짹, 디링, 딩동댕 소리도 일상 소음의 일부였다.

그 모든 기계 소음이 있던 자리를, 우리가 만들어내는 조용한 흔들림이 메웠다. 우리가 내는 소리는 순수

한 기계들이 내던 것과 비슷하면서도 달랐다. 우리의 존재는 기계를 통하지 않고도 선명히 드러났다. 여기저기의 동작을 알리는 초록색 등, 고장이나 사용 중을 알리는 빨간색 등이 사라지고 우리의 몸이 점멸했다.

K와 함께 아침마다 출근을 하긴 했지만, 일을 계속해야 하는지는 사실 알 수 없었다. 내가 하던 일은 사람들의 다툼을 중재하는 것이었다. 말이 좋아 중재지, 이쪽 편을 들지 저쪽 편을 들지 정해야 했다. 격식을 갖춘 문서들 속에 벌떡이는 감정들을 적당히 외면하며 자판을 두드리는 것이 주 임무였다.

그러니 변화가 시작되고 나서는 할 일이 없었다. 이쪽과 저쪽의 이야기들이 모두 더듬이를 통해 들어와 다시 정리되고 나를 통해 나갔다. 출근은 일을 하기 위해서라기보다는, 다른 사람들은 얼마나 변했나, 오늘 하루 세상에는 어떤 일이 있었나를 확인하는 과정이었다. 각자의 몸은 필요와 감성에 따라 다양하게 분화했다. 몇 년을 같이 일해온 사람의 생각과 감성을 재

발견했다. 지금까지는 특별히 직장 동료의 마음에 관심을 가져본 적이 없었는데, 가장 가까이 두고 일해온 기계들과 몸이 같아질수록 그 사람을 잘 알게 된다는 점은 흥미로웠다. 없던 흥미가 생긴 것도 변화였는지 모른다.

어느 날 K가 말했다.

"나오지 말까?"

나는 같은 공간에 앉거나 서거나 떠서 공기를 흔들고 광 신호를 내보내는 사람들을 사방에서 느끼며 반짝였다.

"여기 안 나오면 어디에 가게?"

"어디든 여기와 마찬가지일 것 같은데."

지구상에서 사라졌는지는 확실하지 않았지만, 텔레비전도 인터넷도 보지 않은 지는 오래되었다. 수많은 사람, 최소한 나의 사이보그 감각기관이 감지할 수 있는 범위의 모든 사람을 굳이 출근하지 않아도 느낄 수 있는 것은 사실이었다. 우리는 기계화를 통해 함께 존재했고, 같은 것을 느끼지는 않았지만──K에 대한 나의 감정을 다른 인간과 똑같이 느끼고 싶지는 않았다!──각자 동시에 느꼈다. '느끼다'와 '표현하다'는 이시대에서 같은 말이었다.

"반대로, 집에 들어가지 않아도 괜찮을 것 같네."

K가 문득 깨달은 듯이 말했다. 그랬다. 물리적인 공간은 상관이 없었다. 우리는 존재 대 존재로 접속하고 있었다.

내가 수긍했다.

"어차피 오늘은 나왔으니까, 여기나 저기나 마찬가지라면 들어가지 않는 쪽으로 하자."

이제는 사무실이라고 할 수도 없는, 한때는 사무실이었던 어떤 공간 안에, 우리와 같은 생각을 한 이들의 패턴이 물결처럼 퍼져나갔다.

K의 갈퀴더듬이가 맑은 소리를 냈다. 인간의 목청에서는 낼 수 없던 아름다운 소리였다. 딩, 딩, 딩, 딩, 딩.

사각형 공간을 채우며 울려 퍼지는 사이보그의 소리. 형광등 조명 없이도, 직사각형 오피스텔 건물이 환하게 빛났다. 자랑스러웠다.

내 파티션이었던 곳에 둘이 자리를 잡고 얼마나 시간이 흘렀을까. 우리는 더 이상 시계를 쓰지 않았다. 시간은 상대적이 되었다. 많은 정보가 동시에 오갈 때는 천천히 흘렀다. 별일이 없을 때는 빨리 흘렀다. 우리의 몸은 아날로그적인 시간이 아니라, 무언가를 받아들여 해독하는 데 필요한 시간에 맞추어 시간을 쟀다. 우리에게 남은 것은 시간이 아니라 박자였다. 신호를 나누는 리듬이었다.

머물기로 결정하고 하루 뒤였을지도 모르고, 10년 뒤였을지도 모른다. 10분 뒤였을지도 모른다. K의 다리가 사라졌다. 다리가 있던 자리에는 불이 들어왔다 나갔다 하는 건반 같은 패널이 생겼다.

"걸어 다닐 필요가 없잖아."

K는 심플하게 말했다. K의 말이 옳다고 생각했지만, 어째서인지 내 다리는 사라지지 않았다. 내 입이 사라진 것을 보고 납득하자마자 K의 입도 사라졌던 것과는 달랐다. 이것이 K와 나의 디지털 감성의 차이인지도 모른다. 이 모든 변화에도 불구하고, 나는 K만큼 사이보그가 아니었다. K에게 새로 생긴 건반 패널을 보면서 '다리가 있던 자리'라고 생각하고, K의 더듬이를 보면서 첫 번째이든 세 번째이든 어쨌든 '팔 같다'고 생각했던 나에게 K 같은 변화는 무리였을지도 모른다. 입이 먼저 사라진 것은, 평생 한 번 제대로 한 예습 같은 것이었을지도 모른다.

우리의 시간이 다르게 흐르기 시작한 것도 그때쯤이었다. 아니, 이전부터 일어나던 일을 내가 K의 다리가 없어진 다음에야 눈치챘는지도 모른다. K의 시간은 나보다 빨리 흘렀다. K는 같은 일에 나만큼 긴 시간을 필요로 하지 않았다. H 같은 보수적인 과거지향론자에 비하면 내 시간도 결코 느린 편은 아니었지만, K는 남달랐다. 내 작고 통통한 더듬이가 누구나 예상할 법한 자리인 정수리에서 돋아날 때, 사람들이 달라져가면서도 컴퓨터를 계속 쓰네 마네 고민할 때, 화끈하게 팔꿈치에서 갈퀴 같은 기계 더듬이를 만들어낸 사람 아니던가.

K의 팔이 사라졌다. 아니, 팔이 또 다른 더듬이가 된 것이었다. K의 감성이 아주 멀리까지 퍼지고 K의 박자에 맞춘 진동이 주위를 메웠다. 그 진동에 몸을 맡기는 일은 자연스러웠다. 이것이 바로 이 시대에 남은 인류가 속한 자연이었다. K의 존재 자체가 하나의 음악이고 예술이었다. 나는 K의 박자에 맞추어, K가 만들어내는 음악을 사방으로 전송했다. 더듬이의 구가 조금씩 커졌다. 나의 손발은 더듬이와 패널로 이루어진 K와의 물리적 거리를 메우려는 듯이 K 쪽으로 매달리듯 기울었다. K의 몸이 떠오르기 시작하자, 내 팔다리만 풍선에 매인 끈처럼 위쪽으로 뻗어 나갔다.

나는 뜨지 못했다.

"여기가 아니라도 괜찮을 것 같아."

K의 깨달음이 들려왔다. 신호이자, 예술이자, 인사였다.

아직 남아 있는 팔다리를 움직여보려고 했지만, K의 말을 전달하는 데 익숙해진 나의 더듬이는 K의 인사부터 증폭했다. 여기가 아니라도 괜찮을 것 같아 괜찮을 것 같아 괜찮을 것 같아 네 곁이 아니라도 괜찮을 것 같아 괜찮을 것 같아 괜찮을 것 괜찮은 괜 감정이 자연스럽게 사방을 덮고 K의 패널이 화려하게 반짝이고 내게 들리고 들리지 않는 수많은 소리 보이고 보이지 않는 수많은 빛이 주위에서, 또 저 멀리에서부터 들려왔다, 보였다, 내보냈다, 받았다, 탄성, 탄성, 탄성.

K가 날아올랐다. K처럼 몸이 곧 음악이자 탄성이된 다른 이들도 가볍게 날아올랐다. 그들의 몸이 빠져

나가기 시작한 건물에 남은 나에게는, 아직 K보다 천천히 흐르는 시간이 아주 많이 남아 있었다. 딩. 나는 더듬이로 종을 울렸다. K에게만 들릴, 이별의 종을.

개화

검색 불가능한 것은 존재 불가능하다.

영등포에 교도소 있었던 거 알아요?……그건 학교
고. 함흥에 있다는 것 같은 교도소 말이에요. 그거 서
울에도 있어요. 구로소방서 근처에. 아, 당연히 지도에
야 안 나왔죠. 검색해도 안 나왔어요. 서울 사람인 저
도 그 전까진 전혀 몰랐는걸요. 주소는 잘 모르겠어
요. 2층짜리 건물 두 동? 세 동이었나? 별로 크지는 않
아요. 지도에는 없지만, 거기 있는 줄 알고 가면 찾을
수 있어요. 군인들도 왔다 갔다 하고……. 타워하고 담
하나 사이에요. 너무 가까워서 깜짝 놀랐었죠. 타워

사람들은 교도소 덕분에 전망 안 막혀서 좋을 것 같아요. 어쨌든 언니와 마지막으로 만난 건 그때예요. 영등포교도소에서.

몇 년 만에 만난 자리였어요. 철들고 나서는 계속 그런 식이었으니까요. 나이 차이가 있으니 같이 학교를 다닌 적도 없고, 제가 혼자 여행할 수 있을 만큼 나이를 먹었을 때 언니는 이미 유학 중이었거든요. 그건 알고 계시죠? 언니가 유학했던 것. 유명하니까…….

엄마는 유학 가서 물이 잘못 들었다고 하시지만, 제가 보기에는 처음부터 작정하고 간 거예요. 사람이 그렇게 하루아침에 생각이 바뀔 수가 있나요? 언니는 어렸을 때부터 여기가 좀 이상하다고 생각하고 있었어요. 전 알고 있었어요. 사실 불만이 얼마나 많았는데요. 그냥 머리가 좋으니까 티를 덜 냈던 것뿐이겠죠. 아니면 엄마가 듣기 싫어서 못 들은 척하셨을 뿐인지도 모르죠.

네, 아마 그럴 거예요. 엄마가 몰랐을 리가 없어요.

그때 일은 지금 생각해봐도 좀 이상해요. 엄마는 왜 언니를 말리지 않았을까요? 언니가 대학원에 들어갈 때야 그러다 말겠지 생각했다손 치더라도, 유학 갈 때는 막으려면 막을 수 있었는데 말이에요. 못 본 척한다고 문제가 사라지나? 그 점은 정말 이해가 안 돼요. 원망스럽기도 하죠. 성분 인증제로 가족 다 엮여 들어갈 거 빤한데, 언니만 엄마 딸도 아니고, 뭘 모를 나이인 동생한테까지 피해가 갈 것 같은 일이면 부모가 막아줘야 하지 않나요? 결국 저까지 몇십 년을 고생했잖아요.

면회 시간을 15분 주는데, 디지털 스톱워치가 있는 작은 방에 들어가 마주 앉아서 이야기할 수 있어요. 아크릴 판 같은 걸로 막혀 있어서 목소리는 마이크를 통해서만 들렸어요. 저는 칸막이에 작은 구멍 같은 거라도 있을 줄 알았는데 답답하게 꽉 막혀 있더군요. 감시하는 사람은 없었어요. 감시 카메라야 당연히 있었겠죠? 카메라 없는 데가 어딨어요?

원래 엄마도 같이 가기로 했었지만, 아침에 화원에

새 모종이 들어와서 못 가겠다고 전화를 하셨어요. 취소하기도 뭣해서 혼자라도 갔죠. 사실 엄마가 같이 가겠다고 하셨을 때부터 안 오실 것 같다 싶긴 했어요. 언니가 출옥해서 만나면 또 몰라, 그런 꼴 봐서 서로 좋을 일이 뭐가 있겠어요. 그래도 엄마한테는 언니가 자랑이었거든요. 전 아니었죠. 성분표에 흠집 낸 것도, 온 가족을 몇 년 동안 고생시킨 것도, 요감시 가구라고 1박 2일 여행 한번 못 한 것도, 아무리 크고 좋은 모종을 키워도 정부에서 하는 농장이나 화단에는 하나도 납품 못 한 것도 다 언니 때문이었는데, 그래도 엄마의 자랑스러운 딸은 내가 아닌 언니였어요.

생각보다 건강해 보이더군요. 저는 비쩍 말랐을 줄 알았는데, 적당하게 보기 좋던데요. 피부도 희고 좋고. 역시 피부는 타고나는 거예요. 그 나이에도 그런 얼굴이라니.

손이요? 음…… 잘 모르겠어요. 기억이 안 나요. 계속 탁자 밑에 있었던 것 같아서. 손목? 모르겠다니까요. 아예 안 보였던 것 같아요. 파란색 긴팔옷을 입고 있었던 건 기억이 나요. 구질구질한 파란색이라서, 언니 성격에 저런 옷 걸치고 있으면 참 싫겠다 싶었거든요. 그렇게 말도 했어요. 뭐, 몇 년 만에 만나서 할 말이 따로 있는 것도 아니고, 그렇다고 왜 그랬느냐고 할 수도 없고, 피부 좋네, 옷 색깔 참 싫겠다, 언니 취향 아니지? 그런 말이나 했죠. 싫지만 어찌하겠느냐고 웃더군요. 목소리가 여전해서 울컥했어요. 그렇게 마음고생시켜놓고. 마음뿐인가요, 어디. 그렇게 가족들 생고생시켜놓고 저 좋은 일 한다고 돌아다니다가, 그럴 거면 잡히지나 말지. 그날 면회 간다고 회사 반차 썼거든요. 그게 생각해보니까 그렇게 억울한 거예요.

그래서 언니는 뭐 잘했다고 웃느냐고 소리를 빽 질렀어요. 그랬더니 그럼 울까? 그러는데 어휴, 내가 그냥 기가 막혀서 말을 말지. 무슨무슨 분자들은 그래서 안 되는 거예요. 저는 요새도 가끔 뉴스 단신에 인폐분자(人弊分子)들 얘기 나오면 대단하다는 생각보다 참

나쁘다는 생각이 먼저 들더라고요. 저 사람들도 가족이 있을 텐데, 가족들은 어떻게 살았을까. 저 나이면 부모는 환갑 정도 됐을 텐데 그 나이에 성분표에 빨간 줄 치고 고생 어지간히 했겠다, 그런 생각을 해요. 사람이 큰 뜻도 좋지만 그렇게 이기적으로 살면 안 되죠. 네, 그럼요. 우리가 없어서 못 먹고 못 입고 사는 것도 아니고, 전 애당초 언니가 뭘 주장했는지 잘 모르겠어요. 인터넷에 접속하는 데 성분 증명 필요한 게 그렇게 큰 문제였나요? 정보망을 정부가 관리하는 것도 저는 불편한 줄 모르겠던데요. 텔레비전 없어서 뉴스 못 보는 것도 아니고, 신문 없어서 소식 모르는 것도 아니고, 다 보고 다 읽고 살면 됐지, 숨기고 싶은 게 있는 사람들이나 몸 사리는 것 아니에요?

네, 알고 심었습니다. 실제로 꽃이 필 줄은 몰랐습니다만, 물은 부지런히 줬습니다. 실패하는 편이 나을지도 모른다고 생각한 적도 있습니다. 깊이 생각하면 무서웠으니까요. 하지만 그 정도는, 적어도 공유기 몇 송이 심는 정도는 하고 싶었습니다.

언니가 뭐라고 했느냐고요? 웃었다니까요. 네? 다른 얘기는 없었던 것 같아요. 아버지 건강은 어떤지, 어머니 잘 지내시는지 물어보고, 남편 안부 물어보고. 제 남편요. 이혼했다 그랬죠. 아, 그건 언니하고 상관없어요. 그냥 그놈이 개자식……. 지금 생각하면 내가 미쳤지.

성분표 건도 그래요. 왜, 결혼식장 입구에 성분표를 붙이잖아요. 그것 때문에 부모님이 속 많이 상하셨죠. 대충 지어 붙이라는 말도 들었지만 어떻게 그래요. 틀림없이 누가 와서 확인할 텐데, 위조했다가 조사라도 받으면 사돈댁에 그런 망신이 없으니까요. 다른 자리도 아닌 결혼식에서 말 나면 두고두고 간다고요.

지금 생각하면 그놈 집도 별 볼 일 없었는데 우리 부모님은 마치 우리가 약점 잡힌 양……. 성분에 흠 좀 가긴 했어도 언니는 나라에서 뽑아줘서 유학까지

다녀온 사람이었는데. 외국에서 상도 탔었잖아요. 그
땐 몰랐지만, 그래도 큰소리 좀 칠걸 그랬어요. 부모님
도 사시사철 밤낮없이 꽃 가꿔서 저 그만큼 키우셨고,
따져보면 아무것도 없는 밋밋한 집보다야 성분표에 뭐
하나라도 볼거리 있는 집이 낫잖아요? 언니는 결혼식
에 안 왔었어요. 못 왔다고 하는 게 맞겠죠. 그때도 수
배 중이었으니까요. 경찰들 와서 결혼식 망칠까 봐 잠
을 못 잤는데 몇 명 안 왔더군요.

수배 전단도 나왔었는데, 그 사진 사실은 저예요. 옷
은 합성했지만. 저하고 언니는 많이 닮았어요. 언니와
절 둘 다 아는 사람들은 인상이 전혀 다르다고 하지만
그야 사람을 아니까 달라 보이는 거고, 한쪽만 아는
사람들은 지금도 닮았다고 해요. 제가 봐도 사진으론
비슷해요. 어렸을 때 사진 보면 정말 쏙 뺐어요.

사진 합성이 불법이긴 하죠. 그런데 정부에서 하면
불법 아니잖아요. 언니 최근 사진이 없다는 걸 드러내
고 싶지 않았겠죠. 거절요? 어떻게 거절해요. 가족 중

에 수배자 없죠? 수배자가 있으면 살기 얼마나 불편한지 알아요? 게다가 공짜로 쓰겠다는 것도 아니었어요. 사진값이라고 따로 받은 건 없지만 그달에는 결혼 준비 때문에 일을 별로 못 했는데 회사에서 보너스가 넉넉히 나왔어요. 그 덕분에 부모님 화원에 전열선 새로 깔았죠.

　　그냥 꽃인 줄 알았어. 진짜라니까. 아니, 화분에 담겨 있고 물 주니까 쑥쑥 잘 자라는데, 그럼 그걸 꽃이라고 생각하지 물 먹고 햇빛 받아 작동하는 기계라고 상상이나 했겠어? 그런 용한 물건이 있는 줄도 모르고 살았는데. 요새 꽃집 가면 별 희한한 허브가 다 있잖아. 거참 묘하게 잘 자란다 싶긴 했어. 선물로 받았던 것 같은데……. 응, 맞아, 옆집에 이사 온 학생이 줬어. 반지하에서도 잘 자라니까 창틀에 놓고 보시라고, 집이 화원 한다면서 주더라. 거참, 젊은 사람이 기특하네 했지. 얼굴은 잘 기억 안 나. 머리가 이쯤 오는 여학생이었는데, 두어 달 있다가 금세 또 이사 갔어.

나중에 들으니까 그때 언니는 의주에서 땅 파고 있었다고 하더라고요. 언니는 평생 그 짓밖에 안 한 것 같아요. 파헤치기. 어려서는 책 파더니 나이 들어서는 땅 파고. 삽 들고 인터넷 유선망 자르고 다닌다는 얘길 집에 온 수사관에게서 처음 들었을 때는 진짜 기절하는 줄 알았어요. 외국까지 가서 기껏 배워 온 게 다른 나라에서는 인터넷에 마음대로 접속해서 검색할 수 있고 성분 증명 일일이 안 해도 된다는 얘기라니, 컴퓨터 공학 전공도 아닌 사람이 대체 뭘 공부하고 온 거래요?

뭐, 언니 생각은 다르겠지만요. 그날도 그랬어요. 그렇게 땅 파고 다니면서 언니는 동생이 이혼한 줄은 몰랐느냐고 쏘아붙였더니 언니가 한 일은 파는 일이 아니라 심는 일이래요. 더 이상 다른 목소리가 파묻히지 않게 햇살을 심는 일이라고. 그러려면 일단 지금 여기를 파헤치지 않을 수 없다고.

감동하셨어요? 말이야 그럴싸하죠. 언니 말에는 늘 설득력이 있어요. 어릴 땐 언니 말발에 얼마나 많이 속았는지 몰라요. 미성년은 국방 성금 안 내도 된다고 해서 그런가 보다 했다가 선생한테 너는 애국정신도 없냐고 처맞고. 나는 너도 행복하고 자유롭게 살 수 있는 세상을 만들겠다기에 힘내라고 했더니 유학 가서 잠적해버렸어요. 언니한테 우리는 늘 8000만 분의 1이었죠. 우리 가족에게 언니는 4분의 1이었는데. 그렇게 햇살 심고 싶었으면 부모님 화원에서 삽질 도왔으면 됐잖아요.

조금 더 들음 또 수상한 소리 나올 것 같아서 마음 대로 하라고, 출소는 얼마나 남았느냐고 물었더니 공식적으로는 439일 남았지만 내보내줄지는 그때 되어 봐야 안다고 했어요. 밖에서 하는 일이 잘되면 더 빨리 나갈 수 있을지도 모른다는 말도 했지만 별로 기대하는 것 같지는 않더군요. 나가는 얘기에는 심드렁

했어요. 그때는 이렇게 상황이 바뀔 줄은 전혀 몰랐던 것 같아요.

밖에서 하는 일요? 자세히는 말 안 하던데요. 저도 안 물어봤어요. 덤터기 쓰면 어쩌려고 물어봐요. 모르는 게 약이죠. 아, 그리고 우표 좀 넣어달라더군요. 일단 알았다고 하고 나올 때 앞에서 모니터 보고 있는 군인한테 물어봤어요. 우표 보내도 되느냐고. 괜히 시키는 대로 했다가 언니 일에 휘말리면 안 되잖아요. 상관없다고 해서 봉투에 우표 100장 넣어서 부쳐줬어요.

아니, 정부에 성분 인증제를 폐지하자고 항의하는 것까지는 말이 되었는데, 아예 검열 없는 무선 정보망을 전국에 새로 깔자니, 까놓고 말해 그건 미친 소리 아닙니까. 한반도가 손바닥만 한 시골 마을도 아니고, 상식적으로 말이 안 되죠. 처음에는 농담하나 했는데 진짜 땅 파기 시작하는 걸 보니 기가 막히더군요. 전국 8000만 명이 다 같이 하면 몰라도, 몇 명이 몰래몰래 땅 파서 정부 유

선망 끊고 마스킹한 공유기 심는다고 그게 됩니까? 그쯤
되니 손 떼야겠다 싶더군요. 그래서 빠져나왔죠. 그때는
내 생각이 맞았다고 봐요. 나도 할 만큼 했었다고 봅니다.

그다음에는…… 갔다 왔으니 됐다, 하고 신경 끄고
살았죠. 먹고살기 바쁘기도 하고, 언니 안색이 생각보
다 좋아서 안심하기도 했어요. 그래도 가족이라고, 엄
마한테 전화해서 언니 괜찮더라, 잘 먹고 잘 자고 있는
것 같더라 하고 말하고 나니까 할 일은 했다 싶더라고
요. 화분요? 저희 집에 차고 넘치는 게 화분이에요. 아,
그건…… 몰라요. 네? 모른다니까요? 언니가 그렇게
말했다고요? 언제요?
후, 네, 그래요. 받긴 받았어요. 우편으로 왔더라고
요. 봉숭아라고 쓰여 있는 봉투에 담겨서. 아뇨, 착각
한 거 아니에요. 봉숭아 아니라는 것 정도는 저도 알
아요. 꽃집 딸인걸요. 방구석에 처박아뒀었어요, 처음
에는. 버리지도 못하겠고, 언니가 원망스럽더군요. 버

렸다가 우리 집 쓰레기 속에서 발견됐다고 경찰들이 찾아오면 어떻게 하나, 너무 난감하더라고요.

저는요, 지금도 우편물 오면 잘게 찢어서 버려요. 특히 동하고 호수, 이름 못 알아보게. 비닐 재질이면 가위로 잘게 자음 모음 다 잘라요. 습관이 그렇게 든 거죠. 지금 생각하면 언니를 보고 배운 것 같아요. 언니가 늘 그랬거든요. 인폐분자가 되기 전부터였을 거예요. 언니는 그런 데 좀 민감했으니까요. 함께 살 적엔 식탁 앞에 앉아서 봉투며 서류를 잘게 자른 다음에 몇 개만 골라서 갖고 나가곤 했죠. 집 밖 쓰레기통에 나누어 버린다고 했어요. 그때는 왜 저럴까 하는 생각 별로 안 했어요. 중학생 때라서 언니가 하는 일에는 다 이유가 있는 줄 알았죠. 아빠, 엄마도 언니가 그렇게 하니까 덩달아서 열심히 잘라 버리셨거든요. 그러게, 속고 살았다니까요.

어쨌든 그 덕분에 정부에서는 우리가 언니 가족이고 어디 살고 있고 이런 거 다 알았지만, 외국 나간 언니가 어디 있는지는 몰랐죠. 아무리 뒤져도 주소나 이름이 안 나오니까 어지간히 답답했겠죠. 지금에서야 하는 얘기지만, 경찰들이 우리 가족 졸졸 따라다니면서 언니 소식 기다리는 꼴이 좀 고소하긴 했어요. 언니가 수배자인 동안 불편하기가 이루 말할 수가 없었는데도, 언니가 결국 잡히고 나니까 허무하더라고요. 아, 그렇게 숨겨도 안 됐던 거구나, 언니도 마지막까지 도망치지는 못했구나. 이럴 거면 아빠 수술할 때 병원 한번 들여다보기라도 하지. 어디 있는지 우리한테 말이라도 해주지. 아빠가 언니 잡혀가는 꼴 입원실 텔레비전으로 보면서 그래도 이제 우리 딸 건강하게 살아 있는 모습 보긴 해서 다행이라고 말씀하실 땐 정말……. 회사에서 병원으로 출퇴근하고 있을 때였는데, 텔레비전에 과도를 꽂고 싶더라고요, 그 순간에는.

개들은 순진했어. 순진한 거, 나쁜 거 아니지. 젊은 애들이 순진한 맛도 좀 있어야 사람 사는 세상 아니겠어?

하지만 그 어린애들도 사실은 밤에 같이 앉아서 팸플릿 접고 있던 동료들이 어디서 태어나서 무슨 고등학교 나와서 어떻게 우리 대학 왔는지, 부모 직업은 뭐고 연봉은 얼마고 어떤 유전 병력이 있는지 다 알고 있었잖아. 그러니까 지들끼리 믿을 만한 동료라고 생각해서 모였을 테고. 그랬으면서 네트워크를 개방해야 한다느니, 성분 인증제를 폐지해야 한다느니, 순진한 주장이긴 하지만 정말 그런 세상이 오면 자기도 그만큼 위험해진다는 생각은 못 했다고 봐. 나이브한 애들이었지. 그래서 애들 어릴 때 너무 풀어주면 안 된다니까. 지금 세상 돌아가는 꼴 좀 봐. 다들 앎이 얼마나 무서운 줄 모른다니까.

봉숭아 씨요? 아뇨, 그렇다고 심을 수야 없죠. 화원에요? 말도 안 되죠. 부모님까지 그 연세에 영등포교도소 구경하시게 만들 일 있나요. 뭔지 정확히는 몰랐지만 심어서 나한테 좋을 일 없을 줄은 이미 눈치로 알았죠. 언니 동생 한두 해 한 것도 아니고. 태울까 해도, 아파트 단지 한복판에서 불냈다가 잡혀갈까 봐 겁이 나서 그것도 못 하겠더군요.

그래서 이러지도 저러지도 못하고 들고 있다가, 또 계속 집에 두고 있자니 이 씨앗 봉투가 어디 감시 카메라에 잡히기라도 할까 봐 불안해지는 거예요. 거실 카메라는 항상 켜둬야 하니까……. 혹시라도 카메라에 찍혀서 경찰들이 찾아올지도 모르잖아요. 저희 집은 요감시 가구라서 카메라 꼭 켜둬야 했어요. 잠깐만 꺼도 관리실에서 전화 오고 그랬죠. 정말 민폐도 그런 민폐가 없었어요.

신고할 엄두는 안 났어요. 편지봉투 하나 받았을 뿐인데 경찰서 가서 조사받고 면회에서 무슨 얘기 했는지 말하고 하고 또 해야 할 거 아니에요. 게다가 그 짓 하느라고 또 회사에 결근하면 근무 평가 점수도 깎일 테고, 일이 바쁜 시기라 시달리고 싶지 않았어요. 언니가 유학 갔다 돌아와서 성분표에 주소 등록 안 하고 잠적했을 때 엄마한테는 물론이고, 화원에 더 나갈 수도 없게 되셔서 결국 입원하신 아빠한테까지도 경찰들이 찾아와서 몇 날 며칠을 볶아댔거든요. 그거 정말, 안 당해본 사람은 몰라요. 그때 일은 지금 생각해도 치가 떨려요. 너무 정신이 없어서 고온기인데 비료를 제대로 못 주는 바람에 묘목도 많이 죽었어요. 두 번은 절대 싫었어요. 우리라고 알 리가 없는데 왜 그렇게 괴롭혔죠? 정부가 모르는 걸 우리가 알 리가 없잖아요. 우리를 괴롭히면 언니가 나타나리라고 생각했던 걸까요? 언니가 그런 사람 아닌 줄도 우리보다 나라에서 더 잘 알고 있었을 텐데.

유기체 공유기는 탁월한 발명이었어요. 그 전까지 투쟁은 끝이 보이지 않았죠. 선 자르고 검열 해제한 공유기 심어놓으면 정부에서 쫓아와서 선 도로 잇고 잡아가고, 밤에 삽 들고 또 자르러 가는 일의 반복이었죠. 두드러지지 않을수록 좋으니 잔디 모양으로 하자는 의견도 있었는데, 그가 전지면이 넓은 쪽이 에너지 효율이 좋으니 꽃

모양으로 하겠다고 했죠. 어느 정도는 낭만 때문이 아니었을까요?

음…… 그럴지도 모르죠. 글쎄요. 그렇게 생각하면 마음은 편하겠지만. 잘 모르겠어요. 내가 언니 나이가 되면 이해할 수 있을까 했는데, 언니 나이가 지나고 더 세월이 흘러 언니가 더 이상 수배자도 인폐분자도 아닌 지금까지도 납득이 안 돼. 인터넷이나 텔레비전에 나오는 언니는 영등포교도소에서 봤던 언니보다도 멀리 있는 사람 같아요. 지금 내 나이일 때 언니는…… 뭐 했죠? 대구? 대구에서 뭐 했는데요? 화단 정비? 그때도 선 자르고 있었어요? 끈질기게도 팠네요. 전 정말 모르겠어요. 뭐가 그렇게 절실했는지.

언니가 준 물건이라서 차마 버리지 못했다든가 언니의 신념에 내심 조금쯤은 동조했기 때문이었다든가 하는 말은 쓰지 말아주세요. 그런 생각은 아니었던 것 같아요. 네, 아니에요. 그랬다면 화원에 제대로 심었겠

죠. 전 그렇게 많은 사람이 그 씨앗을 키우고 있을 줄
은 상상도 못 했어요. 언니 혼자, 아니, 혼자는 아니더
라도, 몇 명이서 가망 없는 일을 하고 있다고 생각했거
든요. 아무 데도 안 나왔잖아요. 뉴스에도, 신문에도,
사람들의 대화에도. 진짜 꽃인 줄 알고 키운 사람도
없지는 않았겠지만, 설마 수백만 명이 모두 착각하고
키우진 않았을 테니까요.

우리 집이 12층이니까 적당히 흩어져서 바람에 날
아가면 내 책임은 아니겠지 하고 생각했어요. 꽤 많았
어요. 봉숭아 씨앗보다 작은, 알갱이라기보다는 가루
같은 부스러기가 봉투 가득 들어 있더군요. 화장실 환
기창 밖으로 봉투만 내밀어 탈탈 털었죠. 그 밑이 화
단이거든요. 봉투요? 당연히 잘게 잘라서 버렸죠. 몇
조각은 변기에 흘려 보내고 나머지는 회사 화장실 쓰
레기통하고 전철역 쓰레기통에 나눠 버렸어요. 아뇨,
한 조각도 없어요. 그런 것도 기념이 되나요?

굳이 말하자면 죄책감 때문이었을지도 몰라요. 그래

도 동생인데, 싹 하나도 안 틔우면 언젠가 언니를 다시 만났을 때 미안할 것 같았어요. 언니가 생각한 좋은 세상이 어떤 것인지 몰라도, 그 세상에 저도 분명히 들어 있긴 했던 것 같으니까요.

좋은 세상이 온 것 같나요? 이제 언니 이름이 검색 금지어가 아니고 우리 집이 요감시 가구가 아니라는 점은 확실히 좋네요. 글쎄요? 나머지는 아직 잘 모르겠어요. 아빠 수치가 내려가지도 제 연봉이 오르지도 않았고, 무엇보다도 언니는 돌아오지 못했잖아요.

하지만 그날은, 그 '개화'는 대단했어요. 텔레비전과 모니터와 감시 카메라의 붉은 신호등이 일제히 꺼진 밤에 꽃잎을 활짝 펴고 한꺼번에 피어난 붉은 꽃들은 정말 아름다웠죠. 베란다 밖으로 고개를 쭉 내밀고 붉은 꽃잎이 가득 흔들리는 화단을 내려다보면서, 저는 처음으로 언니를 이해할 수 있을 것 같은 기분이 들었어요.

발견자들

1

그 공장에서 죽음은 천사의 날개처럼 떠다녔다.

애니가 죽음을 발견할 수 있었던 것도 그것들이 떠다녔기 때문이다. 날지 않고. 내려앉지도 않고. 천천히, 여유롭게, 마치 영원히 땅에 닿지 않을 것처럼. 영원히 높이 날아가지 않을 것처럼. 그의 여물지 않은 손으로도 잡을 수 있을 정도로. 마치 잡히기를 기다리는 듯, 무섭기보다는 아름답게.

삶은 죽음의 사이를 메우며 퍼졌다.

죽음보다 삶을 발견하기가 어렵다는 것은 이상한 일

일지 모른다. 그러나 삶은 연기였다. 삶은 오랫동안 이어 메우고 고친 지붕 사이로 흘러 나갔다. 비가 그친 숲, 햇살이 큰 나무 사이를 구석구석 비추기 전에 잠시 머물렀다 사라졌다. 굴뚝 위로 솟아올랐다. 흰 창틀 사이로 새어 나갔다. 삶은 마음만 먹으면 가볍게, 멀리, 높이 날았다. 삶은 밀도가 낮았다.

그러니 애니가 어린 나이에 죽음을 발견한 것은 당연했다. 죽음은 쉬이 잡혔다. 당연하지 않은 것은, 애니가 죽음과 동시에 삶도 발견했다는 점이었다. 그 쉽게 보이지 않는, 옅게 흘러 나가는 것을.

그렇게, 애니는 발견자가 되었다.

2

"보이지도 않는 걸 발견했단 말씀인가요? 굉장한데요. '오로지 믿음으로 깨달았노라' 같은 느낌인가요?

왜, 교회 다니면 어렸을 때부터 성경을 공부하면서 믿음이 어쩌고 하잖아요. 그래서 자연스럽게 된 건가요?"

지수가 칠리소스를 뿌린 감자를 포크로 쑤시며 건성으로 물었다.

"보이지 않는다고 해도 정말 없는 건 아니잖아. 굳이 설명하자면 나한테는 그런 느낌이었단 말이지. 눈으로 보고 손으로 만져보기만 해도 발견할 수 있다면, 세상에 시체 한 번 본 사람은 다 죽음을 발견하고 출산 한 번 한 사람은 다 삶을 발견하게? 그게 아니니까 우리 수가 이것뿐이지."

애니가 알록달록한 플라스틱 물통의 빨대를 쪽쪽 빨았다. 작은 손에 들어가는 작은 물통이었다.

"그건 뭐예요?"

"물."

"흐응. 건전하시네요."

"이게 얼마나 귀했는지 알면 깜짝 놀랄걸. 난 다른

건 잘 못 마시겠어. 물이 너무 귀해 보여 다른 음료에는 손이 안 가."

"와, 늙은이 같아요."

지수의 놀림에 애니가 피식 웃었다. 앳된 얼굴에 어울리지 않는 표정이 잠깐 머물렀다 연기처럼 사라졌다.

"그렇게 군소리하지 말라는 말, 많이 듣지? 다들 자기 시대의 습관을 한두 가지는 갖고 있잖아."

"많이 들어요. 아주 지긋지긋하게 들어요. 하지만 어쩔 수 없더라고요. 일단 저는 아직 죽지도 않았잖아요. 저처럼 살아 있는 사람은 좀 너그럽게 봐주세요."

"야, 원래 다들 죽기 전에 발견해. 죽고 나서 발견하는 존재가 있으면 그건 그냥 귀신이지."

지수가 뜨끈한 감자를 한 입 떴다.

"하긴, 사람은 어차피 죽긴 하죠. 그냥 죽기만 하면 발견자가 된다면 이렇게 복잡하고 어려울 일도 없을 테고요."

지수가 감자를 우물거렸다. 지수의 입술 사이로 잠

간 김이 새어 나왔다가, 순식간에 허공으로 흩어졌다. 애니는 지수의 몸에 삶이 잠깐 붙었다 흩어지는 궤적을 눈으로 따라갔다.

"의심하기 시작한 거야? 아니, 그럼 네가 여기까지 오기 전에 모두가 알았겠지. 의심하고 싶어지기라도 했어?"

지수가 말없이 플라스틱 포크로 감자를 뒤적였다. 분수대의 물을 손으로 막은 아이 때문에 벤치까지 물이 튀었다. 애니는 공원을 가득 채운 생기를 눈으로 훑다가, 그사이에 뜨거운 감자가 든 종이 접시를 든 채 앉아 있는 동료를 보고, 이번에는 조금 더 상냥하게 물었다. 어쨌든, 지수는 아직 죽지도 않은 어린애니까. 아이에게는 상냥하게. 신입에게는 친절하게.

"얘기하고 싶어?"

3

지수에게도, 죽음을 발견하기란 삶을 발견하기보다 쉬웠고, 자연스러웠다. 학기 중에 교실에서 키우던 화분 속 화초가 방학이 끝나고 학교로 돌아가보니 죽어 있었다. 어떻게 보아도 삶이 조금도 남지 않은 화분은 며칠 방치되다가, 어느 날 조용히 사라졌다.

"나무가 죽었어."

지수의 말에 친구들은 "응" 하고 답했다. "그게 뭐"라고 말하는 것 같았다.

"나무가 죽었어요. 다 시들어버렸어요."

지수는 선생님에게 가서 말했다. 선생님은 지수의 말에 잠시 당황하더니, "그러게, 방학 동안 풀님이한테는 교실이 너무 더웠나 봐. 그래서 선생님이 치웠어" 하고 답했다. 다정한 설명이었지만 지수는 선생님의 말이 거짓인 것을 알고 있었다. 선생님이 거짓말을 한 것은 아니었다. 다만 그 화분의 화초는 더워서 죽은 것이 아니었다. 그때는 몰랐지만, 그 화초는 볕만 잘 받으면 좀처럼 죽지 않고 크게 자라는 관상목이었다. 기본적인 관리만 해주면 오래 버티는 종류였다. 그러나 자랄 수 있는 크기나 뿌리의 굵기에 비해 화분이 너무 작았다. 아무도 분갈이를 하지 않았다. 모든 당번들은 화분에 물을 주었다. 화장실 세면대에서 물뿌리개에 물을 담아 와 창가에 놓인 화분에 물을 주는 것은 작고 분명하고 뿌듯하고 보람찬 일이었다.

작은 화분에 잠시 담겨 있던 생명은 아이들의 보람과 부지런함을 먹고 뿌리부터 썩어, 결국 죽었다.

지수는 갑자기 찾아온 이 모든 깨달음을 설명하기에는 너무 어렸고, 선생님의 틀린 설명을 굳이 바로잡기에는 너무 조용한 성격이었다. 그래서 지수는 네, 하고 답하고 마치 아무 일도 없었던 것처럼 제자리로 돌아갔다.

그렇게, 여덟 살 때, 지수는 두 가지 발견 중 반쪽, 죽음을 발견했다. 많은 사람이 사람인 채로 머무르다 가는 영역, 평온하고 불완전한 자리였다.

4

"삶 쪽이 문제인 거지?"

애니가 지수의 포크를 애써 외면하며 거듭 다정하게
물었다. 음식을 제대로 먹지도 않으면서 대충 헤집기
만 하는 모습이 눈에 영 거슬렸다. 그러나 지수는 아
직 죽지도 않은 어린애였고, 감자 한 알이 생존을 좌
우하던 시대는 지나갔다. 이것은 애니의 물통과 마찬
가지로, 그저 애니가 가진 습관일 뿐이었다. 어떤 발견
자든 한두 가지쯤 갖고 있는, 시대와 불화하는 줄 알
면서도 고치지 못하는 습성.

사실 한두 가지보다 많기는 했다. 애니는 천장이 높
은 건물에 잘 들어가지 않았다. 처음 발견했던 날의 공
포가 떠올랐다. 오래 살아온 애니는 그 무기력한 공포

가 싫었다. 애니는 엘리베이터를 즐겨 탔다. 가만히 서서 높은 곳으로 한없이 올라갈 수 있을 듯한 느낌이 좋았다. 고층 건물의 엘리베이터에 타기만 해도, 무언가를 극복하는 듯한 뿌듯함이 있었다. 애니는 자연 다큐멘터리를 먹어치우듯 보았고, 모험하는 인간들이 나오는 영상에 몰입했다. 자신이 살았던 시대가 과하게 피하게 만든 것들과 과하게 탐하게 만든 것들로 자신을 겹겹이 둘러쌌다.

"네."

지수가 작게 고개를 끄덕였다.

지수가 분수에서 솟아오르는 물줄기 옆을 응시했다. 애니에게도 그 자리에 붕 떠 있는 죽음이 보였다.

'아직 제대로 보는군.'

둘이나 지켜보고 있을 필요는 없었다. 애니는 분수 옆 죽음을 지수 몫으로 돌리고, 그 건너편에서 넘실대는 삶들을 살폈다.

"애니 씨는 공장 굴뚝에서 나오는 증기를 보고 삶을

발견하신 거예요? 그게 다예요? 아무 사건도 없이?"

"그때는 굴뚝이 정말 크고 많았어. 지붕 사이도 지금
처럼 단단하게 이어져 있지 않았고. 여기저기 틈이 많
았어. 그래서 오히려 삶이 잘 보였어. 요즘 같지 않아."

애니는 변명하듯 무의미한 설명을 덧붙였다. 위로는
어려웠다.

"그렇군요."

지수는 매끈한 철근콘크리트 건물과 깔끔한 보도블
록을 죽 훑어보았다. 몇백 년 전 그 자리에 있었을 석
조 건물, 나무 지붕, 연기가 새는 파이프를 상상하듯
시선이 허공을 더듬었다.

"저는 저한테서 발견했었거든요, 삶을."

지수가 고백하듯 중얼거리더니, 한숨을 쉬었다.

그건 몰랐다.

애니는 당혹한 기색을 드러내지 않고 자연스레 말을
받았다.

"그런 경우도 꽤 있다고 들었어."

사실 꽤 있는 일은 아니었다. 어느 쪽인지 고르자면, 드문 일이었다. 애니도 듣기만 했지, 자기 안에서 삶을 발견했다는 발견자를 본 것은 이번이 처음이었다. 사람들은 대부분 자신의 삶을 살지, 존재로서의 삶을 내면에서 발견하지 않는다.

"음. 몇 년 전에 우리나라, 아니 제가 사는 곳에서 사람들이 많이 죽었어요. 큰 사고가 났는데, 죽지 않을 수 있었을 사람들이 아주 많이 죽었어요. 그런데 그게 해결이 안 됐어요. 어떻게 말하면 좋을까……. 죽음이 세상에 찰싹 붙어 떨어지지 않았어요. 엄청 많은 일이 있었지만 요약하자면……. 그래서 몇몇 사람들이 거리에 앉아 단식을 하게 됐어요. 오랫동안. 그리고 다른 사람들은 하루씩 돌아가면서 동조 단식이란 걸 했어요. 단식하는 사람 옆에서 같이 굶으면서 연대하는 마음을 표현하는 거예요. 혹시 들어보셨어요?"

하루 굶는 일쯤, 애니가 살던 시대에는 아무것도 아니었다. 많은 사람이 굶어 죽었다. 죽기 직전까지 굶주린 사람들은 다른 병이나 사고로 죽었다. 애니는 시체를 많이 보았다. 시체와 다름없는 삶도 보았다. 사람은 아주 오랫동안 굶어도 죽지 않는다. 하루 굶는 정도로는 아무 일도 일어나지 않는다. 애니는 요즘 사람들은 하루 굶은 일에도 거창한 이름을 붙인다는 사실을 처음 알았다.

"대충은. 무슨 말인지는 이해했어."

"그때 저도 그걸 해보려고 했어요. 아침 7시부터 저녁 6시까지였나? 아침 9시부터였나? 여하튼 실제로는 만 하루도 아니었어요. 저보다 훨씬 오래 굶은 사람 옆에 앉아 있기만 하면 연대하는 마음을 전할 수 있다더라고요. 그런데 신청자 수가 부족하대요. 그래서 저도 할래요, 하고 신청하고 나갔어요. 엄청 뿌듯했어요. 밥만 하루 안 먹어도 남한테 힘이 될 수 있다니 굉장하다고 생각했죠. 보람찬 일을 한다고 생각했어요.

그런데 아침 잘 먹고 나가서 단식하는 분 옆에 앉았는데, 낮 12시가 되니까 갑자기 배가 고프더라고요. 평소에는 매 끼니를 챙겨 먹지도 않는데. 옆에는 피골이 상접한 사람이 앉아 있고, 주위에서는 사람들이 전단지를 나눠 주고 구호를 외쳤어요. 저는 그 가운데 텐트에 앉아 계속 음식 생각만 했어요. 점점 내가 왜 거기 있는지도 모르겠고 옆에서 뭐라고 하는지도 안 들리고, 머릿속에 짜장면, 마카롱, 김치볶음밥, 호박케이크 따위만 계속 떠올라 정신이 하나도 없을 지경이었죠.

그렇게 음식 생각만 하고 있다가, 딱 6시가 되자마자 허겁지겁 텐트 밖으로 나가 지하철을 탔어요. 서울 중심가에 있는 롯데백화점 본점 지하 대형 푸드코트에 가서, 평소에 잘 먹지도 않는 모둠 돈가스 세트를 시켜 허겁지겁 먹었어요. 무슨 걸신들린 사람처럼. 다 먹지도 못했어요. 평소에는 밥을 많이 안 먹어서 세트 말고 단품을 주문하거든요. 돈가스랑 우동이 3분의 1쯤 남은 식판을 식기 반납대에 집어넣는데, 그 순간 삶을 발견했지 뭐예요. 저한테서요.

정말 우스꽝스럽지 않아요? 그냥 배가 고팠을 뿐이

잖아요? 아침 먹고 나가 점심 한 끼 거르고 저녁을 그렇게 처먹었으니 단식도 뭣도 아니었어요. 그런데 나이 서른에, 고작 열 시간 남짓 굶는 시늉을 하고, 이렇게 발견자가 되어버린 거예요."

지수가 자신을 가리켰다. 포크에 달려 있던 삶은 감자 조각이 지수의 가슴으로 떨어졌다. 애니는 이해한다고 말하지 않았다. 100년 넘게 발견자로 살았지만, 사실 애니는 이 마을을 벗어나본 적이 없었다. 지수가 말하는 푸드코트니 백화점이니 하는 곳은 영상물에서밖에 보지 못했다. 밥을 일부러 굶어본 적도 없었다. 우동은 먹어본 적이 있지만, 모둠 돈가스는 어떻게 생긴 음식인지도 몰랐다.

애니가 알아본 것은 지수의 표정뿐이었다. 자기혐오와 무엇을 향한 것인지 모를 분노와 살아 있을 때만 느끼는 당혹감.

지수가 애니를 찾아온 이 마을은, 마을이었다가 도시였다가, 지금은 다시 이름만 도시인 작은 마을이 되었다. 애니는 이 마을을 휘감는 삶과 죽음의 궤적에 익숙했다.

애니가 삶을 발견했던 굴뚝이 철거되었을 때는 생각보다 아무렇지도 않았다. 깨달음은 사라지지 않았고, 믿음은 단단하게 애니를 붙들었다. 애니가 다른 수십 명의 여자아이들과 함께 무너진 공장 건물 벽에 깔렸을 때, 삶이 죽음으로 천천히 바뀌는 과정을 목격했을 때, 애니가 먼저 본 것이 보통 사람들의 눈에도 보이는, 파리와 쥐와 구더기가 모여드는 부패한 시체가 되었을 때에도 생각보다 아무렇지도 않았다. 그것은 흔히 본 죽음이었다.

애니가 그다음에, 자신의 썩어가는 몸을 끌어안고 병원에서 마침내, 다행히 빨리 죽었을 때, 그리고 죽음을 경험한 발견자로 다시 일어났을 때에는 조금 이상한 기분이긴 했다. 발견자로서 마침내 완전해진 듯한 착각이 있었다. 물론 지금은 안다. 발견자가 실제로 생사를 경험했는지 여부는 그 존재와 무관하다는 것을.

지수는 아직 애니보다 어리고, 죽어보지 않았다. 지수는 물리적으로 움직여야 하는 몸과, 몸에서 아직 다 떨어지지 못한 정신을 갖고 있었다. 지수는 아직 모를 것이다.

지수는 우울해 보였다. 지쳐 보였다. 어쩌면 발견자로 존재하기에는 너무……. 하지만 지수가 선택할 수 있는 일이 아니었다. 발견은 선택이 아니다. 발견자들은 죽음과 삶에 발견된 존재였다.

애니는 자신을 갈망하는 눈으로 바라보던 사람들을 떠올렸다. 질투와 갈망과, 그 마음을 드러내지 않으려는 자존심으로 손끝까지 뻣뻣하게 굳어 있던 깡마른 수행자들을 떠올렸다. 애니는 그들이 살아가는 모습을, 때로는 죽는 모습을 보았다.

5

지수는 애니의 평온한 얼굴을 내려다보았다. 애니는, 뭐랄까, 너무나 발견자다웠다. 인종이 달라 더 그리 느끼는 것일지도 몰랐다. 약간 곱슬거리는 머리카락, 밝은 피부. 나이 때문일지도 몰랐다. 다 자라지 않은 작은 몸, 어려 보이는 얼굴에 조금 남은 주근깨.

차림새 때문일지도 몰랐다. 애니는 머리를 대충 묶고, 제 나이보다 어린 아이들이나 들 것 같은 플라스틱 물병을 들고 형광색 운동화를 신고 있었다. 스타벅스 텀블러를 들거나 요즘 유행하는 스니커즈를 신었다면 조금 더 나이 들어 보일 것 같았다. 지금 모습에서 몇 살 더 나이 들어 보여봤자 존재해온 시간에 비하면 별것 아니기 때문일까? 그냥 살아 있는 사람들 사이에 섞여 살며 터득한 요령일까? 지수는 종이 접시와 플라스틱 포크를 든 자신의 손을 보았다. 오른손 검지에는 반지가, 왼쪽 팔목에는 스마트워치가 있었다. 지수는 자신이 너무 살아 있는 사람처럼 보인다고 생각했다. 어쩐지 부끄러웠다.

"그것 참. 놀랐겠네."

애니가 무덤덤한 얼굴로 빨대를 쪽 빨고 말했다.

"네. 당황했어요."

"그런데 음, 왜 나한테까지 왔어? 여기 꽤 멀지? 너는 아직 안 죽었으니까 비행기 표도 사고, 비자? 뭐 그런 것도 받아야 하지 않아?"

지수가 한숨을 쉬었다.

"한국 사람은 영국 올 때 관광비자 없어도 돼요."

"한국인가, 뭐 거기도 발견자들은 있잖아. 다 만나보고 온 건 아니지?"

"네. 몇 명 만나보긴 했는데 좀 어려웠어요. 그게……아까 말한 경험 있잖아요. 그걸 같은 한국 사람한테 말하는 게 좀 힘들었거든요. 다 한국 사람은 아니고 조선 사람이나 뭐 시대를 따지자면 섞여 있긴 하지만……. 무슨 말인지 모르실 테니 넘어갈게요. 어쨌든 아예 다른 데 사는 발견자한테 물어보고 싶었어요."

지수는 부끄러워하지 않아도 된다고 자신을 다독이며 말을 골랐다. 애니는 한국이 어디 있는지도 모를 것 같았다. 지수가 앉았던 텐트도, 그 텐트가 있던 공원도, 그날 지수를 외면하거나 격려했던 사람들의 마음도 모를 것이다. 지수가 말하는 사고도, 수백의 죽음도, 애니 같은 발견자에게는 아무 일도 아닐 것이다.

"애니 씨는 믿음을 잃은 적, 확신이 흔들린 적은…… 없죠? 있었다면 이미 여기 안 계실 테니까요. 그런데 말이에요, 저기, 혹시 단 한 번이라도, 끝내고 싶다고 생각한 적은 있어요? 그만 살고 싶다고 생각한 적이나?"

"우리는 살아 있지 않아."

애니가 단호하게 말했다. 학생을 꾸짖는 선생님 같은 말투였다.

지수가 기죽은 학생마냥 어깨를 조금 움츠렸다.

"하지만 무슨 말을 하는지는 알겠어. 그리고 미안하지만, 난 그런 적이 없어. 왜?"

"어…… 많이 보셨을 테니까요. 사람이 쉽게 태어나고 쉽게 죽는 걸. 많이 보다 보면 그만 보고 싶다고 생각하게 되지 않나요?"

"모든 발견자들은 계속 삶과 죽음을 봐."

"어, 음. 일단 사과할게요. 사실 애니 씨한테 오기 전에 여기저기 좀 알아봤어요. 애니 씨는, 음, 극적으로 죽었잖아요. 이렇게 말하면 이상하지만. 그다음에 전쟁도 겪으셨을 테고요. 그땐 다들 수명도 짧았고. 애 낳으면 바로 두세 명은 죽고, 조금 자라면 일시키고 그랬다면서요. 게다가 애니 씨는 이렇게……."

지수는 대체 어떻게 표현해야 예의를 차릴 수 있을지 고민하다가 포기했다.

"시골에 사시잖아요."

6

애니는 잠시 말을 잃고 지수를 올려다보았다. 아, 이 아이를 어쩌면 좋을까.

지수가 애니의 표정에 얼굴을 붉혔다.

"죄송해요."

애니는 자신이 살았던 곳을 떠올렸다. 맙소사, 시골이라니! 그때의 브래드퍼드는 도시였다. 연기가 자욱하고 솜 부스러기가 둥둥 떠다녔다. 기차가 서고 큰 건물들이 세워지고 사람들이 모여들었다. 좋은 쪽으로도, 나쁜 쪽으로도 다시는 오지 않을 시대였다. 그 시대의 마을을 부수고 그 돌들과 삶들을 바닥에 깔아 일으킨 힘으로 지금이 왔다. 이미 그 시대가 묻힌 땅에 선 지수 같은 발견자들은, 그래, 알지 못할 느낌이긴 했다.

"듣고 싶어?"

애니가 물었다. 지수가 살짝 고개를 끄덕였다. 귓불

이 여전히 붉었다.

"알았어. 짧은 버전으로 할게. 내가 삶을 발견했던 날은 말이지, 평소랑 비슷했어. 해가 뜨기도 전에 집을 나서야 했지. 내가 일하던 공장은 집에서 꽤 걸어가야 했거든. 우리 가족은 더 가까운 곳에 집을 구할 수 없었던 것 같아. 너무 늦게 집을 나서면 가는 길에 해가 뜨는데 그러면 금세 피곤해져 일하다 중간에 지쳐버리거든. 그래서 동트기 전에 나가는 편이 나아. 처음 일을 시작했을 땐 큰언니랑 같이 다녔어. 언니가 죽고 나서는 나 혼자 다녔지."

토요일 아침에 출근한 언니가 예배 시간까지도 돌아오지 않자, 아버지는 공장까지 찾아갔었다. 마스터는 언니를 내보낼 수 없다고 했다. 아마 언니는 종일, 밤새도록 일했을 터였다. 주문이 밀려 있었다. 일할 다른 아이를 데려오라고 했을지도 모른다. 어쨌든, 아버지는 굶주리고 지친 언니를 집에 데려왔다. 아버지의 옷과 머리는 엉망이었다. 우리는 함께 조용히 예배를 드렸고, 언니는 죽었다.

"깨끗하게 떠났다."

다른 많은 소녀와 비슷한 죽음이었지만 아버지는 그리 말했다. 언니는 직조 기계에 깔리지도 바늘 기계에 찔리지도 않았다. 폐를 채운 솜 때문에 오래 기침하며 괴로워하지도 않았다. 공장에서는 자주 불이 났고, 사람들은 자주 공장에서 몸의 일부를 잃었다. 언니는 온전히 돌아와 온전히 떠났다. 공장에 아무것도 남기지 않았고 지금은 없어진 교회 묘지에 모든 것을 남겼다. 그런 점에서는 깨끗한 죽음이었다.

"일을 시작할 때는 평소랑 비슷했어. 나중에 알았는데, 매니저가 굴뚝에 문제가 있으니 수리를 해야 한다는 편지를 마스터한테 썼었대. 원래 위험했다더라. 100년쯤 지나서 알았지. 그때 나한테는 평소와 다름없는 날이었어. 새벽부터 일을 하다 아침 식사를 하려고 손을 잠깐 쉬었는데, 사방이 흔들리기 시작했어. 굴뚝이, 그 높고 단단하고 큰 굴뚝이 공장 위로 무너져 내렸지. 비명은 돌이 무너지는 소리에 묻혔어. 브래드퍼드의 돌이었지. 여기 돌은 아주 단단하거든. 아름답기도 하고. 즉사한 사람들도 여럿 있었어.

내가 발견한 삶은, 한두 번 같이 아침을 먹은 적이 있는 여자애의 것이었어. 내 다음 줄에서 일하는 파트타이머였지. 그 집은 애가 아홉 명이나 있어서 돌아가며 일을 나누어 하기 때문에 자기는 아직 종일 일하지 않아도 된다고 했었어. 얼마나 부러웠던지! 굴뚝이 무너져 내릴 때, 마침 기계 밑에 비스듬히 앉아 있던 그 애의 삶을 발견했지. 솜 부스러기와 실 조각과 무너져 내린 돌덩어리와 자욱한 먼지 사이에서 그 애의 삶이 스며 나오는 것을 발견했어.

그게 첫 발견이었어.

일단 하나를 발견하고 나니 주변의 삶을 하나씩 셀 수 있었어. 나는 한쪽 팔이 돌에 깔린 채, 내가 발견하자마자 죽음으로 이어지는 삶들을 느꼈어. 연말이었어. 무너진 굴뚝의 돌을 들어내는 데만도 대강 사흘이 걸렸어. 시체가 부패하기에는 충분한 시간이었고, 내 상처가 곪기에도 충분한 시간이었지. 우리 가족이 다음 집세를 걱정하기에도. 사람들은 제 가족을 찾아 공장에 왔어. 하지만 잘 찾아내지 못했지. 높은 굴뚝이 무너졌으니 성한 사람이 없었어. 사지 중 어디 하나라도 멀쩡한 시체가 거의 없었던 데다, 옷차림도 다 비슷했거든. 솔직히 그 안에서 누가 자기 딸인지, 누나인지, 애인인지 알아보긴 어려웠지."

"가족들이 찾아왔던 거예요?"

"……그래."

"애니 씨 가족도요?"

"응."

오지 않았다면 좋았을 텐데. 아니면 애니를 알아보지 못하거나. 애니는 어느 쪽도 아니었다. 애니는 제 딸을 찾지 못하자 폐허 앞에서 한참을 넋 놓고 있다가, 딸이 사실은 출근하지 않았다고, 누구 꾐에 홀랑 넘어가 기차를 타고 도망친 것 같다고 말하는 어머니를 보았다. 애니는 그의 딸의 죽음을 보았다. 형체를 알아볼 수 없게 뭉개진 몸뚱이에서 그 딸의 삶이 흩어지고, 죽음이 파리처럼 그 주변을 맴도는 모습을 보았다. 팔이 아파서 말을 할 수 없었다. 흙먼지와 돌가루와 솜이 피로 엉켜 엉망진창이 된 여공들의 머리카락을 모두 씻겨 원래 색을 확인해보고 싶다던 청년이 있었다. 아무리 찾아도 시신이 나오지 않았지만, 남편이 그날 출근했으니 분명 시신이라도 있을 거라고 울부짖는 여인도 있었다.

공장에 정확히 몇 명이 있었는지, 누가 있었는지 아무도 몰랐다. 그 공장에서 애니는 한 사람이 아니라 '손이 작고 빠른 소녀들'이라는 군집이었다. 그 공장에는 몇 개의 군집이 있었다. 채찍을 들고 돌아다니며 고함을 치는 관리자 군집, 솜과 천을 쉴 새 없이 나르는 청년 군집, 방직기를 돌리는 여공 군집, 석탄을 나르는 일꾼 군집.

애니의 아버지는 고만고만한 소녀들의 시신 사이에

서 아직 숨이 붙어 있던 애니를 찾아냈다. 병원에까지 데려갔다. 이미 뭉개진 팔은 감염되었고, 낫는다 한들 한쪽 팔만으로는 공장에 돌아갈 수 없는데도. 병원비 걱정이 더 커지기 전에 애니가 죽었다는 점이 그나마 다행이었다. 애니의 가족들은 애도할 수 있었다.

그 돌무더기에 파묻힌 채 삶과 죽음의 직조를 관찰하던 시간들.

하루, 삶에 대한 발견, 이틀, 어둠, 사흘, 어둠, 나흘, 흐린 햇살, 닷새, 아버지, 엿새, 고통, 이레, 죽음.

애니는 그 발견을 의심할 수 없었다. 발견을 잃는다는 것을 상상조차 할 수 없었다. 애니는 이곳, 브래드퍼드에서 두 번의 전쟁을 겪었다. 사람들이 떠나가고 돌아오지 않는 것을 보았다. 사람들의 눈에는 보이지 않는 삶과 죽음이 직조되는 것을 보았다. 솜이 증기와 만나, 눅눅하게 가라앉았다가 한때는 애니가 살아 있는 손으로 만졌던 천처럼 길게, 폭폭이 쌓여가는 것을 보았다. 애니는 자신이 보았던 그 최초의 삶과 죽음들을, 지금도 애니 안에 쌓여가는 그 생사의 역사를 믿었다. 확신했다.

지수는 하루 밥을 굶고 삶을 발견했노라 말했지만, 그 발견은 그렇게 가볍지 않았으리라. 글쎄, 하루 밥 굶는다고 발견자가 된다면 이 행성에는 그냥 사람이 남아 있지 않을 테니까. 지수는 발견을 의심하고 싶다고 하지만, 사실 아직 자신이 발견자가 된 진짜 이유를 찾지 못했을 뿐일지도 몰랐다.

애니는 지수의 이야기를 다시 생각해보았다. 많은 사람이 죽자, 살아남은 사람을 위로하려 일부러 하루를 굶는 사람을 애써 상상해보았다. 굶는 사람 옆에서 굳이 함께 굶으려는 사람, 그 행위에 동조 단식이라는 거창한 말을 붙이는 사람들을 상상해보았다.

그러자 애니는 조금쯤, 답을 알 것 같았다.

발견자와 발견자가 나눈 대화는 오로지 그 둘만이 기억한다. 죽음과 삶을 발견하는 순간은 갑자기 찾아오지만, 그 발견을 숙고할 시간은 아주 오래, 아주 길게 주어진다. 발견자들은 결국 홀로 서야 한다. 오랫동안. 진짜 의심을 시작하고, 그 의심을 버리지 못해 사라지기 전까지는 삶과 죽음을 보며 홀로 존재해야 한다.

"그건, 한 번도 가벼운 적이 없었어. 내 시대에도. 흔했을 뿐이야. 흔하다고 가벼운 건 아니잖아. 그래서 우리 같은 발견자들이 있는 거야. 너도 발견자니까, 너한테도 마찬가지일걸."

애니는 그저 이렇게 말했다. 지수는 여전히 이해하지 못한 표정이었다. 지수에게는 아직 시간이 많이 있었다. 애니는 그때, 그 사고가 아니었어도 어차피 오래 살지 못했으리라. 애니의 몸은 이미 수명을 다해가고 있었다. 폐병에 걸리든, 기계에 다치든, 돌림병에 걸리든, 애니는 아마 10년도 더 살지 못했을 것이다. 그러나 지수는 어쩌면 아주 오래 살 수도 있었다. 이것은 애니가 겪어보지 않았고 알 수도 없는, 이 시대 발견자들의 특징이었다.

"잘 모르겠으면 다시 가서 그, 단식을 해보는 건 어

때? 연대 어쩌고 했던 것?"

애니의 제안에, 지수가 얼굴을 일그러뜨리며 대꾸했다.

"이제 그건 끝났어요. 말하자면요."

애니는 웃었다.

"나는 너희 나라 일은 잘 모르지만, 그럴 리가 없어. 분명히 어딘가에 있을 거야. 비슷한 곳이, 비슷한 일이. 발견자로 살다 보면 비슷한 일을 거듭 보게 되거든. 한 번 찾아서 다시 시도해봐. 하루가 아니라 열흘쯤 굶어도 안 죽어. 내 경험으론 열흘 굶어도 방직기 손잡이를 당길 수 있어. 게다가 이제는 뭘 하든, 너한테 일어날 수 있는 최악의 일이라고 해봐야, 죽음을 경험한 발견자가 되는 거잖아?"

지수는 여전히 확신이 없는 표정으로 서 있었다. 산 사람들과 같은 땅을 딛고, 발견자들에게만 보이는 곳을 보며.

애니는 지수를 두고 먼저 일어섰다.

"가보라니까. 여기더러 시골이라고 한 말은, 나중에 진짜 미안하다 싶을 때 다시 와서 사과하면 받아줄게. 난 이제 5시 라디오 들으러 가야 해."

사실 애니에게는 라디오가 없었다. 애니는 텔레비전도 보지 않았다. 넷플릭스와 유튜브 스트리밍으로 영상을 봤다.

그러나 이 마을에는 애니가 발견하고 기억해야 할 삶과 죽음이 많이 있었고, 지수에게도 아마, 지수의 몫이 있을 것이다.

스마트워치

"너무너무 바빠. 몸이 열 개라도 모자랄 지경이야."

J가 자판을 쉴 새 없이 두드리다 고개를 들고 나에게 불평했다. J가 손목에 찬 스마트워치는 아마 벌써 몇 번이나 "일어설 시간입니다. 1분 정도 몸을 움직이세요"라는 알람을 내보냈을 것이다. J의 스마트워치는 오늘도 바빴다. 잠깐 일어나 몸을 움직여라, 1분 심호흡을 해라, 활동량을 채우려면 분발해라, 이제 겨우 절반을 채웠다, 잔소리를 해대며 하루에도 몇 번씩 J의 손목을 두드려댔을 것이다. J는 '오늘 하루 알람 *끄기*'를 누르지도 않고 그저 알람을 무시하고 있었다.

J에게 기껏 스마트워치를 사놓고 그렇게 말을 안 들

으면 아깝지 않느냐고 물어본 적이 있었다.

"스마트워치의 알람이란 거, 일종의 시간 알림 기능 아냐?"

J는 틱 내뱉듯 대꾸했었다. 퉁명스러운 말투였지만, 말꼬리에는 불안함과 죄책감이 묻어 있었다. 나는 기분이 상하지 않았다. J의 신세를 보고, 나는 만보기 기능과 애인과 심박수 하트를 주고받는 기능만 있는 저렴한 워치를 샀다. 사람들이 그게 조금 비싼 만보계지 어디 스마트워치냐고 놀렸다. 내 일상도 J와 별반 다르지 않았기 때문이다. 내 워치는 천천히 숨을 쉬라고 하지도 않고, 운동을 좀 하라고 하지도 않는다. 방수 기능도 없고 밴드도 교체할 수 없다. 만보기 기능도 제대로 작동하고 있는지 의심스러울 때가 많다. 조용하고 단순한 친구다. 고장이 나면 애써 수리하느니 그냥 버리고 새로 사는 편이 싸다고들 하는 제품인데, 그래서인지 아직까지 고장이 난 적은 없다. 하트를 주고받는 기능은 고장이 났을지도 모르지만. 안 쓴 지 오늘로

108일이 되었으니 고장이 났더라도 상관없다.

어차피 우리에게는 방수 기능이 필요 없고, 워치가 아무리 운동을 하라고 한들 책상 앞을 떠나 공원에 나가 뜀박질을 할 수도 없다. 우리가 할 수 있는 운동은 일어나 스트레칭을 하거나 서로의 사무실 사이를 왔다 갔다 걸어 다니거나, 탕비실에 들어가 냉장고를 열어보는 정도다.

"차라리 시계를 풀지 그래?"

"아깝잖아. 쓸모도 있고."

둘 다 맞는 말이었다. J의 스마트워치에는 문자메시지와 전화를 알려주는 기능도 있었다. 손목 맥 짚는 자리를 두드려대니 놓칠 일이 없었다. J는 종일 사무실 전화와 연결된 무선 헤드셋으로 통화를 하며 오른손으로는 자판을 치다 가끔 왼쪽 손목의 워치를 들여다보고 메시지를 보냈다.

"탕비실에서 차라도 한잔 가져다줄까?"

내가 J의 불평에 물었다.

"어, 부탁해. ……네 선생님, 그 점에는 저희도 동의하고요, 계산이 조금 틀린 것 같아서요. 제가 보내드린 엑셀 파일에 보시면 파란색으로 표시한 부분이 있는데요."

J가 눈짓으로 고맙다는 인사를 하고 다시 전화에 매달렸다. 나는 탕비실에 가서 우리 두 사람 몫의 홍차를 탔다. 3분. 초시계는 그다지 스마트하지 않은 내 스마트워치에서 내가 가장 즐겨 쓰는 기능이었다.

3분 뒤 양손에 머그잔을 하나씩 들고 나가 보니, J가 자리에서 일어나 있었다. 아니, 정확히 하면 왼손이 들린 채 두 발을 질질 끌며 걸어가고 있었다. 마치 누군가가 허공에서 끌어당기는 양.

"J? 뭐 해?"

J가 내 질문에 채 답하기도 전에, 맞은편 사무실 문이 벌컥 열렸다. K상무가 J와 비슷한 자세로 엉거주춤 걸어 나왔다. 오른손에 펜을 든 채였다.

"이거 뭐야? 야, 이거 누가 이러는 거야?"

아무한테나 반말을 하며 들러붙어 우리 둘이 질색하던 B도 손목을 질질 끌리듯 기어 나왔다. 오른손으로 왼쪽 손목을 끌어내리려 버둥대는 모습이 황당한 와중에도 우스웠다. 벌떡 일어나 학춤을 추듯 왼손을 든 사람들이 몇 명 더 있었다. 껑충대는 사람도, 바닥에 눕듯 질질 끌려 나오는 사람도 있었다. 회사용 슬리퍼가 뒹굴었다.

쿵 소리가 들렸다. 몇 번 마주친 적만 있는 사원이 유리문에 부딪혀 어쩔 줄 몰라 하고 있었다. 오른손에 스마트워치를 차고 있어, 지문 등록을 해놓은 오른손을 좀처럼 내릴 수 없는 듯했다. 왼손잡이였구나. 나는 머그잔을 탕비실 탁자에 내려놓고, 얼른 다가가 내 지문으로 사무실 문을 열어주었다. 그가 뭐라 반응할 새도 없이 한 손을 치켜든 채 빠른 걸음으로 나갔다. 그 뒤를 다른 사람들이 따랐다. 문을 열고 보니 다른 사무실들도 사정은 비슷한지, 계단에는 벌써 사람들이 꽤 많았다. 작년에 새로 지은 25층 사무동이었다. 일단 나온 사람들은 넘어질세라 계단을 노려보며 조심스레 발을 디뎠다. 계단에 사람들이 차올랐다. 앞코만 구두 모양인 검은색 인조 가죽 슬리퍼를 신고, 원피스나 펜슬 스커트나 정장 바지를 입은 사람들이, 한 손은 높이 들고 시선은 계단에 고정한 채 일단 넘어지지 않기 위해 걸었다. 이게 뭐냐는 고함과 웅성거림이 같은 처지인 다른 사람들을 본 안도감, 불안한 침묵으로 서서히 대체되었다. 사람들은 한 손을 든 잡음의 덩어리가 되었다.

어느새 사무실이 거의 비었다. 나는 블라인드를 올리고 창밖을 내다보았다. 빌딩 앞, 쉼터라고 쓰여 있고 흡연 공간으로 쓰이던 곳에도 이미 사람들이 꽤 서 있었다. 한 손을 들고 잠깐 일어나 몸을 움직이며, 심호흡을 하여 마음을 안정시키며, 제자리걸음을 해서 오늘 하루 목표 활동량을 채우며.

나는 스마트워치에 끌려 지상으로 내려가고 있을 J를

생각했다. 조심성 많은 친구이니 아마 계단에서 다치지는 않을 것이다. 목표 활동량은 개인의 생활 패턴에 따라 정해지니, J처럼 안 움직이던 사람이라면 지상까지 가기도 전에 오늘의 목표량을 채울지 모른다. 그러면 엘리베이터를 타고 도로 사무실로 올라오겠지. 나는 J의 머그잔에 뚜껑을 덮어주고, 내 몫의 홍차를 들고 J의 옆, 내 자리에 앉아 차를 홀짝였다. J는 운동도 하고 쉬기도 쉴 때가 되었다. J의 몸이 두 개였으면 하나는 일을 하고 하나는 체력 관리를 했겠지. J의 몸이 세 개였으면 세 번째 몸은 나와 차를 마시며 조금 더 긴 얘기를 했을지도 모른다. 아쉽게도 아직 J의 몸을 세 개로 만들지는 못하니, 나는 J의 스마트한 스마트워치가 앞으로도 제 몫을 해주기를 기대하며, 애인에게 하트를 보내는 기능만 있는 나의 이름만 스마트워치인 만보계를 보았다. 오후 3시 13분. J의 생활 패턴에 맞춰져 있는 일일 목표 활동량은 140킬로칼로리였다. J를 보기 전에는, 성인에게 그렇게 낮은 활동량이 설정

되는 줄도 몰랐다. J는 아마 금방 활동량을 채우고 3시 반쯤에는 돌아오리라. 그러면 다른 사람들이 아직 손을 높이 들고 활동량을 채우는 사이에, 업무가 정지된 사이에, 우리는 차를 마실 수 있을 것이다.

✶ 작가의 말

 《옆집의 영희 씨》를 내고 만 9년 만이다. 기존 수록
작에 그간 쓴 소설을 모아 더했더니 스물여덟 편, 한
권으로 내기에는 많았다. 모든 소설을 네 그룹으로 나
누고 그중 둘을 이 책에, "카두케우스 이야기"를 포함
한 나머지 둘을 다른 한 권으로 출간하기로 했다.

 아주 천천히, 아주 적은 글을 썼다. 삶은 외롭고 용
기는 드물고 선의는 귀하여, 삶에서 이야기를 건져 올
리기가 쉽지 않았다. 그럼에도 내 보기에 가장 외로운
것, 가장 진심인 것, 가장 귀한 것을 모아 소설로 만들
었다. 소설이라는 이 배가 당신과 나 사이의 긴 항해
를 버틸 만큼 튼튼하기를, 시공간을 넘어 언젠가 결국

은 당신에게 도달하기를 바란다.

재출간 과정이 순탄치만은 않았다. 빠듯한 일정에도 멋진 책을 만들어준 래빗홀 최지인, 장서원 편집자님, 든든한 SF작가 동료 배명훈, 김초엽 작가님, 사랑을 의심할 틈을 주지 않는 가족에게 감사드린다.

2024년 가을
정소연

✴ 추천의 말

정소연은 도약을 앞둔 한국 SF 앞에 놓여 있던 가장 탄탄한 디딤돌이었다. 피뢰침처럼 맨 앞에서 폭풍을 견뎌내는 활동가이고, 누구보다 높은 안목으로 모두의 하한선을 끌어올린 매서운 독자이며, 오랫동안 비어 있던 비평 영역을 대신해 멀리 보고 방향을 제시한 자신만만한 길잡이였다. 솔직하게 감탄하고 유려하게 표현하는 정소연의 문장에는 모두가 추구해야 할 SF의 공기가 압축적으로 담겨 있었다.

정소연의 소설은 SF 세계에 놓인 인간의 경험을 높은 해상도로 구현해낸다. 《앨리스와의 티타임》에는 기민한 불안과 예리한 갈망, 자아의 어긋남이 섬세하게

표현되어 있다. 이런 균열의 징후를 위대한 삶으로 이
끄는 건, 세상뿐만 아니라 우주와도 맞서는 주인공의
용기다. 물론 이 용기는 작가를 쏙 빼닮았다. 그래서
한국 SF가 고개를 들었을 때, 정소연은 가장 든든한
동료 작가였다.

이제 와 돌이켜보면 정소연의 소설은 내내 '조금 미
래의 SF'였다. 그 미래가 거의 현실이 된 지금도 정소
연의 소설은 여전히 대열 맨 앞줄에 있다. 그 자리가
더는 외롭지 않게 된 건 작가가 스스로 이루어낸 구원
이자 성취일 것이다.

_배명훈(소설가)

언젠가 처음으로 SF를 읽고 쓰기 시작했을 때 나는
정소연의 소설을 나침반 삼아 나아갔다. 내가 사랑하
는 SF의 청명함과 아름다움이 정소연의 소설 속에 모
두 있었기 때문이다. 정소연은 놀라운 솜씨로 세계와

개인을 엮어낸다. 외면하고 싶은 세계 속에 가만히 들여다보고 싶은 타인의 얼굴이 있다. 공고한 질서 위에 누군가가 힘겹게 그어놓은 빗금과 틈새가 있다. 그래서 정소연의 개인들은 이 세계를 포기하는 대신 끝까지 붙들고, 틈새로 비치는 다른 가능성의 빛을 바라보며 앞으로 걸어간다. 그 마음을 따라 저벅저벅 나아가고 싶어지는, 맑은 반짝임을 지닌 소설들.

_김초엽(소설가)

앨리스와의 티타임
정소연 소설집

초판 1쇄   2024년 10월 15일

지은이 | 정소연

발행인 | 문태진
본부장 | 서금선
책임편집 | 최지인 장서원   래빗홀 | 이은지

기획편집팀 | 한성수 임은선 임선아 허문선 이준환 송은하 김광연 송현경 원지연
마케팅팀 | 김동준 이재성 박병국 문무현 김윤희 김은지 이지현 조용환 전지혜
디자인팀 | 김현철 손성규   저작권팀 | 정선주
경영지원팀 | 노강희 윤현성 정헌준 조샘 이지연 조희연 김기현
강연팀 | 장진항 조은빛 신유리 김수연 송해인

펴낸곳 | ㈜인플루엔셜
출판신고 | 2012년 5월 18일 제300-2012-1043호
주소 | (06619) 서울특별시 서초구 서초대로 398 BnK디지털타워 11층
전화 | 02)720-1034(기획편집) 02)720-1024(마케팅) 02)720-1042(강연섭외)
팩스 | 02)720-1043   전자우편 | books@influential.co.kr
홈페이지 | www.influential.co.kr

ⓒ 정소연, 2024

ISBN 979-11-6834-231-6   (03810)

수록 작품 발표 지면